三十岁的想念

倪远征 /著

知识产权出版社
全国百佳图书出版单位

图书在版编目（CIP）数据

三十岁的想念 / 倪远征著 . —北京：知识产权出版社，2019.1
ISBN 978-7-5130-6066-0

Ⅰ . ①三… Ⅱ . ①倪… Ⅲ . ①散文集—中国—当代Ⅳ . ① I267

中国版本图书馆 CIP 数据核字 (2019) 第 020504 号

内容提要

本书为散文精选集。作者以细腻优美的文笔，描述了过往的岁月，内容包括奶奶家的饼、过年、深夜的村子、逝去的美好、我的父亲、母亲的南京之行、回家、小学时光、难舍难分的桂花香、初恋、图书馆、又是一年毕业季、相遇特区、拥抱、暴风雨、深夜的争吵、清晨送别、一个人的牢笼、思念、青年节、遇龙河漂流……

责任编辑： 李小娟　　　　　　　**责任印制：** 孙婷婷

三十岁的想念
SANSHI SUI DE XIANGNIAN

倪远征　著

出版发行：	知识产权出版社有限责任公司	网　　址：	http：//www.ipph.cn	
电　　话：	010-82004826		http：//www.Laichushu.com	
社　　址：	北京市海淀区气象路 50 号院	邮　　编：	100081	
责编电话：	010-82000860 转 8531	责编邮箱：	lixiaojuan@cnipr.com	
发行电话：	010-82000860 转 8101	发行传真：	010-82000893	
印　　刷：	北京中献拓方科技发展有限公司	经　　销：	各大网上书店、新华书店及相关专业书店	
开　　本：	720mm×1000mm　1/16	印　　张：	8.25	
版　　次：	2019 年 1 月第 1 版	印　　次：	2019 年 1 月第 1 次印刷	
字　　数：	83 千字	定　　价：	32.00 元	

ISBN 978-7-5130-6066-0

出版权专有　侵权必究
如有印装质量问题，本社负责调换。

◎ 前言

    一直以来，我都认为文字才是保存感情最好的载体，是任何影像和图片都换不来的情的凝结。我想用文字记下生活的点滴，但自己又总把没有时间作为借口，内心却很清醒，真正的原因只是没有勇气罢了。我摊开纸笔，常常会陷入一种满腔的热情，不知道该从哪诉说；满腹的思念，却无处落笔的尴尬。

    今天又是周末，一个人在这陌生的城市里，我还是习惯于躲在自己的小窝，任胡乱的思绪天南地北地游荡着。此时，窗外初春的阳光已经灿烂得十分耀眼，偶尔还能看见几只麻雀从窗外快速地掠过，只是狭小的窗户限制了我的视野，它究竟飞向何方我却不得而知。我打开了音响，在欢快的节奏中，不知不觉地便加入了这暖暖而可爱的阳光派对。我不去理会明天的工作，也放下给家人带来更好生活的愿望，只关注着眼前这暂时的逍遥。一阵欢快的曲调后，耳边的曲风突然一转，当《父亲》那熟悉的曲调响起时，记忆里久违的画面悄然出现在眼前，我努力着要看清那过往的细节，但遥远的幸福轮廓竟然不知从何时变得模糊。此刻，我发现自己的内心竟如此的平静，不再如每每听到筷子兄弟深情的呐喊时，自己总会流下泪水和一阵心酸。眼前的这份平静，让我陡然一惊，我才关注到在不断重复的日起日落中，我们的灵魂触角也一天天变得迟钝起来。在一阵恐慌中，我终于鼓足勇气拿起纸笔，我要趁着灵魂对过往的依恋还未生长成茧，用混乱而生涩的言语，一字一句地记着我的那点并不丰富的生活。

目 录

奶奶家的饼……………………………………………1
过年……………………………………………………4
深夜的村子……………………………………………10
逝去的美好……………………………………………16
我的父亲………………………………………………20
母亲的南京之行………………………………………40
回家……………………………………………………45
小学时光………………………………………………48
难舍难分的桂花香……………………………………54
初恋……………………………………………………65
图书馆…………………………………………………74
又是一年毕业季………………………………………77

相遇特区 83
拥抱 93
雷暴雨 96
深夜的争吵 99
清晨送别 101
一个人的牢笼 103
思念 105
青年节 107
遇龙河漂流 112
玉龙雪山行 115
周末的小镇 119
致谢 123

奶奶家的饼

周末的傍晚，一个人在操场散步，清凉的蓝天浮动着几朵白云，暖暖的阳光洒在身上，惬意得不行。周末的操场，人很多，或悠闲地漫步，或三五成群席地而坐，谈论着自己的那点小心事，谈笑声穿过温暖的空气，夹杂着桂花的香味在操场上弥散开。不远处的跑道上，一个老奶奶带着孙子缓缓走来，老人熟练地从包袱里拿出面包，掰了一半送到身旁的小孙子手里。看到此景，我的脑海便浮现出那些不断重复的往日的黄昏。

夕阳的余光洒满家乡的每个角落，村子里的一切都笼罩在金色的背影里。爷爷正在家门口的菜地里，收拾那片小小的园子，菜园里主要有辣椒、茄子、豆角等，都是生活中常吃的蔬菜。夏日的菜园不仅满足了吃的需求，那些红的、紫的，随意点缀的小花园也是再美不过了。若是家里突然来了亲戚，没时间赶集，只要配上肉丝，随便一炒，便有了几个最新鲜的好菜。你看，就连母鸡，也知道它的好处呢，在菜地里钻来钻去，大概是又找到了一条大的肉虫，便用力地挥了挥翅膀，却引来了旁边的小黄狗，接下来便是难免的一阵鸡飞狗跳了。

我走到菜地边时，爷爷正从菜地走出来，手里握着刚摘的一把豆角，问我："放学啦？"我不假思索地回答："嗯，俺奶呢？"爷爷说："在屋里呢。"我便迅速地超过了爷爷先往家里走。

远远地看到奶奶正在前屋扫地，十几平方米的面积，从泥土地扫到后来的水泥地，她一扫就是一辈子。我刚到门口就喊道："俺奶，我要吃饼！"奶奶说："放学啦，你不要嫌俺家的饼硬噢！"奶奶便放下手中的笤帚，走到挂在房梁下的饼筐，仰着头、踮起脚，费劲地取下饼筐，拿出一个馒头，用力掰开，问我："你要大的，还是小的？"我立刻答道："大的！我能吃完！"伸手接过生硬的馒头，就着从小菜园里刚挖的大蒜，啃了起来，只是馒头表皮太硬了，我和弟弟妹妹们，总是偷偷地趁大人不注意，把馒头表皮扒了扔掉。当然，为了第二天还能顺利地要到饼，这个秘密定是不能让奶奶发现的。最后吃不完，也都是拜托给家里的小猫、小狗来解决了，从未真的还回去过。"吃不完，不要扔呀，拿回来……"奶奶的唠叨还在身后，我们已经满足地拿着半块馒头，溜开了。那时压根儿没有饼干、面包，晚饭前唯一能吃的就是饼了，当然，家里称呼的"饼"是馒头和各种烙饼的总称。母亲做的饼，其实一直比奶奶家的要好吃点，但去奶奶家要饼吃，早成了一种习惯，如同烙印一般和童年生活连在了一起。

　　许多年后，我不再问奶奶要饼吃了，曾经的回忆，永远地留下了。岁月渐渐地把开心和忧伤，都沉在村里路边的那些野草里。时光流逝不止，但村子依旧，小路依旧，当房顶上落满夕阳，二十年前的那些场景，有幸还在上演。泛黄的春联，依偎着陈旧的木门，"吱吱啦啦"的声响，仿佛是时间的脚步。如今，风中的老人多了几分萧瑟，行走也不再稳健，颤抖的手臂不再容易举起铁锹；橘红色的瓦房顶，也败给了风雨的洗礼，换作了绿色的铁皮；傍晚袅袅的炊烟，如今也难以寻觅。只有那薄薄的一层金色的夕阳，印证着生活的真实，送走了一个个春秋，留下了一道道皱纹。

　　鸡鸣狗叫，开始了乡村平凡的一天，二十年的时光仿佛静止了，心灵却被小草上的露珠打湿。停留，是一瞬间的记忆；回首，却是十年、二十年或是一辈子了。

2015 年 5 月

过 年

随着鞭炮声逐渐稀疏,红火的大年也接近了尾声。奔驰在回程的高速路上,我仿佛还能看到对面车道过年前回家时的影子,转眼间又踏上了新一年的征程。

过年在家的日子,每天清晨醒来的第一个念头就是"哇……我得赶紧起来,把今天的时间过得最长,在家待不了几天了!今天又要过去了,可不能让美好的冬日清晨在我的睡梦中度过了!"所以在家的早晨都像是打了鸡血一样的蹦起。

从年前各家蒸包子开始就已经正式地拉开了过年的节奏。多年以来,叔叔姑姑们虽然早已经成家独立,但年前总要凑到奶奶家一起做包子,这已经成了惯例。只是近些年来,包子越做越少了,记得小时候过年时做的包子足够吃上一整个正月的。以前条件不足,吃包子已经是享受了，如今随着生活水平的改善，大家觉得剩的时间久的包子不好吃，便也不再做那么多了。

大年三十的第一件事无疑是早早地起床贴春联，这过年的年味也就从大红的春联，冒着热气的糨糊到了最兴奋的时候，母亲虽是厨艺高手，冲糨糊的本领还是比奶奶差一些。多年以来，大年三十我总是起早去奶奶家和叔叔们一起贴，然后把剩下的糨糊带回来，偶尔不够用了母亲才弄来面粉和热水冲兑一些糨糊添补上。前屋的新房刚建好的那几年，父亲是不让我们用糨糊在大门上贴春联的，说糨糊不好清理，也会加快木门腐烂，所以那几年贴对联都用透明胶带。我也不记得是从哪年开始又用糨糊贴春联了，如今大门上的桐油早已干涸，木门已经开始腐朽，我想就算父亲在世，大概也不会在意木门是否会腐烂了吧！

春联以前都是家人自己写，爷爷的帕金森病症，还不严重时，每年的大年二十九晚上大家总要聚到奶奶家的堂屋，摆开桌椅，你一副我一副地"画"出自己的墨宝。当时，还有很多邻居买来红纸，放在奶奶家排着队等爷爷写，第二天一早再过来取，爷爷时常要写到很晚才能完成全家和邻居们要的对联。如今，爷爷写不动了，买对联更是方便快捷，叔叔们的兴致也不高，家里便没人张罗着写了。但我觉得从市场买来的烫金大字，总比不上自己写的贴着亲切。

过年自然是儿时最大的期盼之一，想着有碟子有碗的饭菜，可以放一些只有过年才舍得买的各种小烟花。当然还有期待已久的压岁钱，平时家长们给的零用钱都是以"角"为单位的，过年才有以"元"

为单位的收获。有了压岁钱，就能在开学后过上几个星期的"富余"生活了——多吃几包"唐僧肉"，多来几包干脆面。

关于大年三十的记忆，我最难忘的还是小学五年级的那个春节。大年三十的中午，堂屋的饭桌已经摆满了好吃的，母亲的锅里正炒着最后一道菜，父亲也开好了酒，我兴奋地举着米饭碗从厨房向堂屋跑去。当时真的是很开心，必定那个时候不是每天都能有肉吃的，过年的期待对于孩子而言，也许就在对吃的渴望中聚集起来，十几米的距离我也要跑起来，只是我万万不该在路过墙边停放的平板车时多踩了一脚，当我高兴地一跃而起时，我的头却碰到了院子里的晾衣服的钢丝绳。结果可想而知，就像拍电视一样，我飞了起来然后"哐"的一声仰着倒下。一番疼痛、哭啼自然是少不了的，只记得后来在我哭声止住之后，父亲给我的一个认真的教诲：做事不要乐极生悲！这场生动的现场教学，我真的是想忘也忘不了。

如今的过年活动以聚餐、打牌为主，体育娱乐活动为辅，年节里一大家子人在一起轮流到各家聚餐。今年过年定在四叔家，我们跟着爷爷奶奶，到谁家都一样。老家的年三十正餐是午饭，而不是晚饭，四叔家在镇子上，距离村子也就两三公里，上午刚过十点，四叔就开始陆续给各家打电话催着出发了。一家人团聚过年，老老少少的近二十人，中午分了两桌落座。爷爷奶奶的幸福难以言表，但参杂了几分"夕阳无限好，只是近黄昏"的感伤。这种团圆年，在他们眼里，也许真的是过一个少一个了。在巨大的幸福面前，最害怕的就是失去，所以才会有哪些越幸福越伤心的痛楚吧！毕竟多年以来,只有过年时姑姑叔叔们才有机会回家聚齐。大家聚在奶奶家的前屋,烤着火盆听叔叔们聊外地的奇事趣闻,小时候虽听得不是太明白,但好奇地安静听着。爷爷今年是本命年,八十四岁了,大年三十还写了首诗,作为给全家人的新年贺词。爷爷得了帕金森,双手一直不停地颤抖,写出的字却比我们的漂亮得多,让人不禁惭愧。其诗曰:

>金鸡高歌艳阳天,儿孙千里故乡圆。
>天增岁月人增寿,阖家欢乐幸福年。
>除夕之夜金光闪,鞭炮雷鸣振耳环。
>神州各地齐欢庆,火树银花不夜天。

大过年的少不了要喝酒,更不能缺少的就是划拳了。平日里吃饭划拳已然不多了,但过年过节图个热闹还是少不了的。两个人同时伸手出一至五个任意手指,谁喊的数字刚好是两人手指数相加便是赢者。喝酒的这一桌中,三叔应该是划拳最好的,必定平日里没少实践。如今的酒桌文化中划拳已经渐渐淡去,还记得小时候跟爷爷去吃红白酒宴,经常能看到一桌人喝得迷迷糊糊,你拉我拽地划拳,喊得面红耳赤。

中午饭碗刚放下,旁边的小赌桌已经支开了,今年我没有赢过一场,运气走到了最低。虽说炸金花并不是高雅的活动,但团聚时促进交流却是事实。亲人们在各地打拼,过着不同轨迹的生活,真正的共同话题屈指可数，往往都有一种内心愿意亲近，却无从下手之感，小赌怡情在这个时候真的可以说是恰到好处。大家聚在一起，你一句我一句地喊着，不为赢钱，就为这热烈的氛围，为了开牌时的唏嘘感叹……

说到打牌，最有意思的还是去年。初四的晚上在奶奶家"炸金花"，我有幸拿了个"豹子"，坐在倪老板旁边的五叔和雅娜，两个人一个劲儿热心地对我喊："你丢牌吧，你快扔了吧！……"他们知道倪老板是 A 金花，想着我定没他大，好心奉劝我。哪知道，他们越喊，我越开心！还有一次"配合"是倪老板的姐姐又拿到"豹子"，竟又是遇到倪老板的顺金。这个双人组合又开始激动地好言相劝。我在一旁，眼泪都要忍不住笑出来，几个回合下来，倪老板把手里的顺金让出去了，结果是二叔替他输了后半场。因现金紧张，战斗才没有演到高潮，留了点儿想象空间。

丢下手中的扑克，下午回到家又可以玩大家喜欢的"摸老将"了。一个人蒙上眼在地上画的圈中去逮别的人，其余人可在圈内自由活动，若是出圈或被蒙眼者逮住，这个人就得被蒙上眼睛去逮别人，先前的蒙眼者则可进入地上画的圈中自由活动，不用蒙眼了。游戏简单，无须道具，更不要技能，有那么一小片空地，一条围巾或帽子，游戏随时就可以开始了。记得昨日在奶奶家门口，玩得高兴时，五叔也加入了队伍，便是四十多岁的叔叔带着十几岁、二十几岁乃至三十岁的侄子、侄女玩得起劲。虽然五叔站在边上理论一堆，上了场的效果反而没有乱摸抓瞎来得快。场内的蒙眼者左挥一下，右跳一步,却总在最后一秒被对方逃脱了。蒙眼者突然一个急转身,有人被踩到了,有人被拉住衣角,又挣脱了,有人不知道被谁挤出了圈。场外的看客已经乐得前仰后合,爷爷奶奶闻着笑声,也搬了凳子在门口看我们闹着。想想就觉得温暖幸福,有多少家还能凑齐这么些人,又有几家凑齐了人,还有心再玩这儿时的游戏!

  过年总觉得日子太快,生活从喧闹很快归于平静,而我们又要各自踏上新的旅程,开启新一年的期待!记一记大家的团聚,在此祝亲人们一切顺利,不求大富大贵,但求和谐平安!

2017 年 3 月

深夜的村子

　　时至清明,晚上的空气还是有些寒冷,我刚出大门准备上厕所时,才发现今晚月光很亮,房前屋后的轮廓都清晰地展现在眼前,田间地头悄悄地蒙上了一层泛光的白纱。好几年没有在初春时节回过家了,趁着月光,我要认真地欣赏一下这生活了三十年的地方。我们村很小,只有一排房子,二十多户人家,东半段是父母这辈人的新房,西半段是爷爷辈往前的旧宅。如果按照血缘从爷爷辈来算,全村居民不足十户人家。如今多数人都搬到了公路边的小楼或在县城买了房,留在村里住的已经很少了。晚上还没到九点,村子已经没有几户的灯还亮着,村子安静得很,只有几声不知从哪里传来的狗叫声回荡在黑暗里,是这寂静的夜里仅有的一丝声响了。

　　一排排杨树在房子的后面高高地伸向天空,如同卫兵一般悄悄地守护着村子，只是今晚它们禁不住这轻盈的月光的诱惑也已沉入梦乡，光秃秃的枝条留下奇怪的影子在屋顶的红瓦上酣睡。一阵风吹来，这些影子仿佛是梦到美味，总要你推我攘地争抢一番才能再归于平静。村里的房子成东西走向，一条土路从各家门口穿过，把村子串了起来。每到雨季，大人、小孩都套上笨重的胶鞋，在满是烂泥的土路上举步维艰。若是谁有出行计划，总要看看第二天的天气预报，有雨的话必须要提前把电瓶车、摩托车存放在村头的邻居家，只有这样第二天才能顺利出发，不然哪怕是一场小雨，门口的土路也是泥泞不堪，让车子寸步难行。就是这样的一条土路也还是十多年前一个挂职书记主持修筑的。再往前啊，村里的路就是走过每家门口踩出的一道白痕。眼前的夜色清幽得很，静谧得让人舍不得放快脚步。我在门外的空地上走着，无意间竟发现路面上卧着一弯明月，静静地躺在深深的车辙里，残存的雨水如同羊水，静静地包裹着精致的小月亮，仿佛用尽生命的最后一滴水，也要守护好这轮襁褓中的光芒。

　　站在厕所北侧的路上，向西面的村子深处望去，从东向西依次分布着楼房、平房、瓦房。它们和那些已经消失的土坯房子，共同组成了村子的进化史。村民的家都在大路的北侧，房子的基本配置是三间朝阳的堂屋和一个建有偏房的小院子。如今多数家庭早已拆了南侧的院墙，换成了新建的前屋。没盖新房的也拆了曾经乘凉、吃饭的小门楼，换成了水泥墙和大铁门。说到这儿有些遗憾，没有保存一张我家大门曾经的照片，记得曾经大门外整齐排开的四棵杨树，每到夏天这一大片树荫便是家人和邻居乘凉的首选。天热时我们家也会把猪拴到树下乘凉，猪若是中了暑，几个月的工夫可就白忙活了。拴着猪的那棵树的周围总被健壮的黑猪拱得一塌糊涂，烂泥与猪屎交织的味道遥远却熟悉，渐渐地这份难忘的腥臭也化作了曾经的盛夏记忆。臭味倒不算什么，更棘手的是树上的"洋辣子"（身体的刺有毒液的毛虫），软软地带着满身毒毛毛，不仅看着恶心，而且若是不小心碰到，必定让人坐立不安，叫苦无门。农村也有很多应对偏方，比如公鸡血、南瓜汁等，但至今我还没有见过哪种土方法的效果立竿见影。如今这些早已不复存在了，白杨树生长的地方，在十多年前就盖了现在住的平房，只是眼前的平房在不远处两层、三层的小楼旁，显得十分矮小。村前这条大路的南侧是一片片幽幽麦田，深绿色的麦苗随着月光向远处铺开，绕过水塘，翻过田间小路，无边无际地向远处延伸，把月光和大地连接在一起。麦苗刚从寒冬苏醒，矮小的身姿在朦胧的月光中随风摇曳着，距离成熟还有很长的路，但冬日的风雪已造就了它们的坚强，一棵棵麦苗正信心满满地承担起收获的期待。在这初春的深夜，凉爽的空气夹杂着麦苗和泥土的味道，迎面扑来，勾引着人想立刻躺倒在它的怀里，尽情享受这青色的拥抱，肆意抚摸那柔美的月光。就像《春天里》歌词所写："曾经的痛苦都随风而去……也许有一天，我老无所依，请把我留在那时光里，如果有一天，我悄然离去，请把我埋在这春天里！"

　　我正迷恋着泥土和青草的香味，一阵酸臭却涌入鼻孔，将思绪吓止，如同即将入睡的人，被一个既可爱又有几分顽劣的儿童"咯咯"

的大笑声惊醒，让人既欲生气而又不会真的动怒。这臭味来自路边的茅厕，因为村子没有下水道，村民多把茅厕盖在了路的南侧。这种开放式的茅厕，只有一个优点，那就是接近大自然。可是到了夏天，每次如厕都是一场与蚊子、苍蝇的战争，蚊香、杀虫剂、电蚊拍这些都是奢侈的工具，更多的时候靠着两只胳膊360°的自由舞动，随时驱赶叮在身上或即将叮上的蝇虫。白天以苍蝇为主，晚上换蚊子，另外全天候都有蛐蛐、飞蛾、屎壳郎等海陆空一体的"巡查"。如厕时，分配精力防守绝对是一门技术活。既要保持身体、胳膊不停地抖动，以便减少叮咬上来的蚊虫，又要调节好对于肠道的注意力。只是遗憾了那些城市里的孩子，没机会体会这门"技术"了。最近村里都在谈论拆迁，说我们村的地可能会被修高铁征用，我虽明白这是社会发展的必经阶段，但心里还是默默祈祷，希望那一天无期限地推延。有一天我们终将摆脱泥泞的马路，不用再深一脚浅一脚地踩在烂泥里望雨兴叹。我们将住进城市的高楼，永远地告别房前屋后的一草一木，在不舍中，告别那些讨厌的、喜欢的邻居们，生硬地笑着和他们说一声"走了！"便是最终的告别。只是新的生活里，在钢筋水泥的夹缝中，没有了曾经抬头就可以看到的蓝天；没有"大滩顶""神仙汪"，这些熟悉却说不清来历的地名；没有满树的桑葚，没有趴满小龙虾的水塘，更没有了东、西、南、北屋的亲切，不会冲着老妈喊一嗓子"我去西屋啦！"便消失在门外的路上。东西南北屋是我家、奶奶家、三叔家的简称，我家在村子东部是"东屋"，奶奶家在村子西头叫"西屋"，"南屋"是位于奶奶家南面的三叔家，"北屋"还是奶奶家,因为它在三叔家北面。所以东南西北屋,只有三家,根据对话者的位置,奶奶家占据北屋和西屋两项。

在家的日子,从小到大,只要一有机会我就带着妹妹到奶奶家、三叔家去游荡一圈。就算晚上,也得瞅着空跑到奶奶家听爷爷奶奶讲个故事。在奶奶家玩得晚了,我和妹妹回家路过村子中间的池塘"东汪",总要经过一番激烈的自我鼓励。那个池塘的周围荆棘丛生,杂乱的灌木丛仿佛埋藏着很多未知的事物,平时听奶奶说的那些鬼怪精灵的故事此时就立刻浮现在了脑海。奶奶讲故事的开端,不是"很久以前或者在一片古老的森林……"而是类似亲身经历版的"聊斋",多是"我老家附近某某村,有个叫某某的人……"说的有名有姓真真切切。例如:"我以前娘家旁边的一个村子,有个叫朱某某,有一天清晨起了个大早去水塘淘洗牛草料,那会天还没有亮,只有微弱的一点光,他走到水边的石台阶上,刚把草篮放进水里,脚就被一个东西拽进水里,裤子全部湿了水,幸好他抓住了水边的树根大声叫喊,才被旁边赶来的邻居把她拉了上来,再看她的脚脖竟还留有深深的手印……"奶奶的鬼故事非常有说服力,让人听得冒出冷汗,不过纵然害怕,强烈的好奇心还是常忍不住要奶奶再说一个。只是天黑回家时就要后悔了,脑子里总会构思出鬼打墙、鬼推磨等场景。夜晚面对"东汪"的阴森树林、黑洞洞的水面,加上张牙舞爪的树枝,仿佛故事中的妖魔鬼怪都藏在了这片黑暗中。

想着曾经的种种,心里有些惆怅,过往的时光仿佛只有在这黑暗的遮挡中才能生动起来。站在月光下有些舍不得进屋了,若不是气温太低，真想把帐篷拿到房顶上，陪着满村子的月光一起入睡。现在路宽了，人长大了，不再惧怕"东汪"的神秘，只是路过时还会忍不住多看几眼，这不足一百平方米，水深仅至膝盖的池塘，承载了儿时无限的想象。

　　这个清明是父亲离开我们后，我第一次回来给父亲上坟。上午去上坟时，走在绿幽幽的麦田里，远远地看到几个孩子拿着风筝在田间的小路上打闹着，熟悉的儿时记忆瞬间冲入脑海，已经好些年没有这样踏着春风在麦田里撒野放风筝了。站在父亲的坟前向远处看，我仿佛看到了天上那只我曾经放飞的风筝，我躺在绿色的海洋里，骄傲地向小伙伴们炫耀我飞起的风筝。我看着它飘啊、摇啊，就在我最兴奋的那刻，线莫名地断了。我在麦田里飞奔，但我看不见残断的线，我像一个瞎子一样在明亮的春光里乱窜。我握紧双手，鼓足力量，依然抓不住那细小的命运之绳。风筝最终越飘越远，我停下奔跑的脚步，眼睁睁地看着它渐渐变小、变暗，直至消失在天际。我拖着一身疲惫回家，在第二天的春风里，我只看到了天空里那一朵熟悉的云。

逝去的美好

"沙漠里的脚印很快就消失了,一只奋进的歌却在跋涉者心中长久激荡!"

告别昨日,迎来明天,我们总在探索生命的路上。逝去的过往,虽已不存于世间,但真切地构成了我们真实的人生。关于生命的哲理,每个人都是不能忽视的哲学家,有着独一无二的对生活的诠释。生命的终点再长,过程再精彩,我们都躲不开坟墓的等待。在匆忙和焦虑中,我们都希望寻找到应有的价值,获得属于自己的幸福!然而本应是人人笑对人生,活得潇洒自如!却会因为一句伤害、一份失落、一丝伤感,带给我们满面的愁容,把快乐打得落花流水。当有一天,死亡的威胁真的来临时,又有万般后悔浮现在脑海。

生活的问题和苦难在人生的道路上就像预设的程序一样,不管你如何成功地跳跃了一个坎，下一个障碍还是会如期而至。我们总想着过了眼前的这座山，一切就都好了，然后忍耐着，痛苦着，企图用痛苦的力量翻越眼前的高山，期待山的那侧是繁花似锦、神采飞扬；而事实上，我们经常刚越过一个高峰，另一个山脉正严阵以待等着自己。

我们会习惯性地把快乐留到将一个困难解决后，其实只是一次次地欺骗自己，因为障碍从来没有尽头。直到有一天我们面临生命的考验时，才恍然悔悟，原来那么多的苦难都是生活的组成，是不可或缺的过往，有些烦恼在回首间亦然是幸福了。

一个姨家的小儿子上个月离开了人世，朝夕相处了五年，因久治未愈的心脏病突发而离去，他父母的痛苦自然难以言表。其实孩子的病在即将出生时就已经查出，医生也警告过风险，也许从决定生的那刻起就注定会有今天的结果。他们还是依然选择等待，等待奇迹，更是等待无尽痛楚到来的那天。我是在和母亲打电话时听到的这个消息，觉得太突然了，上次回家还逗他玩过，小孩很可爱，不怎么说话，有些冷冷的灰色幽默。他母亲这五年来，为了照顾他，什么工作都没有做，专职地在家照顾他，怎么转眼间，说没了，就真的没有了……生命就是这样时常用它的脆弱来提醒一份珍惜，提醒我们对于平凡生活的珍爱。

前几日看了李开复写的《生命学分》一书，感触很深，他曾经坚持多年的人生态度，要去影响世界的魄力，要留名千古的志气，都在一场大病后悄悄改变。生活中能有机会和死神接触，又可有劫后逢生者是少数，我们不可能每个人都经历一场死亡威胁，再来思索人生价值和感受生命意义。在死亡面前，曾经平凡的生活变成了遥不可及的期待，回望过去，那些擦不掉的往事，一分一秒地固化在了自己的生命中。有些人追求功名利禄，最后一刻也许会感慨守着儿孙满堂才是自己理想的追求；有些人相夫教子，一生的希望都是儿女家人幸福，到耄耋之年突然有一天感慨自己默默无闻的一生竟如此平凡。

在回忆里，我们抹去了漫长的时间轴，曾经的幸福高度浓缩，即将面临的离别愈加痛苦。在脑海中搜寻过往，悲伤的记忆瞬间跳过，留下的都是单纯的美好。不可否认，消失的那些日子，是真实生活值得珍惜的幸福时光。但更不能忽视，此时对生活的理解，已经出现偏差，无形中美化了那些曾经的普通岁月。内心的遗憾和悔恨，带动了身体的每一个细胞，更进一步地放大了失去了的幸福。

这时仿佛内心都会有一个声音："上帝、佛祖、耶稣！求求你们再给我一次机会吧！我一定珍爱好拥有的一切，一定会照顾好家庭，孝顺好老人，陪伴好妻儿，一定对亲友鼎力相助，对所有的人友爱……"只可惜，很少有人能得到宽恕，只能眼睁睁地看着幸福远去，内心一步步地被悔恨吞噬。

那些少数劫后逢生的幸运儿，默默地许愿，捡回来的幸福，我一定不能再错过。既然如此，那就揣着"大难不死，必有后福"的理念开始新生活！以为自己见识了生命的神圣，便明白了生活的真谛。死亡的威胁也许使其迅速成长，也许对其人生观带来新的元素。

但又有几人,能保持住在磨难中满足于简单期待的幸福。死亡的威胁,我们也许不会轻易相遇,但病痛人人都不陌生。病床上痛苦的呻吟者,只祈求健康,一旦康复后,又如何能守得住只求健康便幸福的小小期待呢。时间的冲洗,困难的堆积都在一点一滴地侵蚀着那股因坎坷而获得的感知力,耗费了对幸福的灵敏检测。

　　生命中的日子多数都是普通的,若要把每天都过得幸福而有意义,有些强人所难,也无须如此。幸福并非满足定义就能快乐,哪怕是实现自己定义的幸福,也非注定就能感知,就能觉得快乐。也许我们难以战胜失去才知珍惜的本能,但我们却应守住心中那些最纯粹的追逐,在漫漫的人生路上用或大或小的坎坷崎岖,点缀出五彩的生活,难道这不正是生命该有的追求么。

我 的 父 亲

一、普通的小学教师

　　生活中有太多的精美文章和动人故事来记述无数伟大的父亲，我们深爱着他们，也在岁月的洗礼下慢慢体会那些沉重的关爱。我在这里想努力记下父亲留给我的无数美好，却只能像幼儿园孩子的绘画一样描出些章法不明的线条。

　　提笔开始写时，父亲已经离开我快三年了，如今又过去了两年，有关父亲的那些记忆都未曾远去，熟悉的画面总会不经意间在脑海闪现，带给自己一丝久久收藏着的父爱温暖。

我的父亲是一名普通的小学教师，在从业的近三十年时间里，父亲在我们镇的近一半的小学上过班。父亲刚从师范毕业时被分配到镇上的中学任教，成家后因为中学离家太远，有晚自习要加班，为了照顾家，便申请调入了小学系统。这一教就是三十年，是人生最珍贵的三十年，也是生命的最后三十年。父亲是县里早期的师范学院毕业生，在农村小学的师资队伍里，父亲算是优秀的"高才生"了。在学校，父亲主要教四年级和五年级的语文，也顺便教一些体育、音乐、思想品德等课程。老家的农村小学教师很紧缺，不可能做到每个课程都是专业老师，像体育、美术等"副课"都是由有特长的老师来兼任。父亲病倒时最后的岗位是一个农村小学的校长，说是校长其实全校教师只有五六个人，学生不足百人。学校在安徽与江苏交界处的一个偏僻的小村庄，遇到阴雨天，学生们总要穿着胶鞋走过一段泥泞不堪的小路。虽然没有电视里常播的崎岖山路那般的危险，但深一脚浅一脚的泥窝，还是给孩子和老师带来了很多不便。下雨时父亲和其他同事上学校便要把摩托车、自行车寄存在村头的人家，再穿着胶鞋或光脚走过那段有水也有泥的"水泥路"。

　　我读小学时，父亲是我校三年级到五年级的语文老师，在我的记忆里他从没有给我单独辅导或布置过额外的作业，放学后我像其他邻居孩子一样疯玩。父亲主要采用"软棒子"，虽没有逼迫我们去看书、做题，但总会营造出不做作业就很有一丝压抑的氛围。如果我们想要好吃的或想买点什么，就算装也得要坐在那表现出好好学习的样子。这种方法虽然比棍棒教育好一些，使得我和妹妹顺利地考上了初中、高中，但总是把学习蒙上了一层不情愿的阴影。爸妈虽然都是老师，可那时的农村里没有人谈论素质教育，他们也像其他家长一样丝毫不重视成绩以外的东西。说到这里，我总认为在当时现有的资源上，父亲对我和妹妹的教育原本可以更好一些。比如父亲拿了镇里举办的乒乓球比赛第一，却从未教过我练习打球。难得的条件也就如此地浪费了。说到课堂，我已经忘记了父亲上课的方式和好坏，能记得的就是地理课上说过老挝（老鼠窝）首都是万象，澳大利亚首都堪培拉（解释为澳大利亚处于海中需要看着、陪着、拉着）。当然忘不了的还有一次班级被集体体罚，记得大概是读小学四年级时，不到二十个同学站在一排，由第一个人开始拿黑板擦依次刮其余同学的脸。疼不疼不记得了，但估计那天父亲确实很生气，才想出这么"残酷"的体罚。

多年以来父母除了正常上课教书，农忙季节还要应对家里的农活。那时种地并没有现在的众多机械，是很纯粹的面朝黄土背朝天。小时候农忙的季节里，经常是我早晨醒来，他们已经从田里忙了一个清晨回来了，还要收拾、做饭再去学校。在曾经没有农药、除草剂的日子，我自然也领略过"锄禾日当午"的辛苦，在三十六七摄氏度的高温下，就靠着一顶破草帽避暑，要用比巴掌略大的锄头一寸寸地翻过十几亩田地，并且不止一遍地翻。常常是一遍还没有锄完，刚开始锄的那块地里新的杂草又长了出来，就这样要在收获之前没有尽头地循环着。在田里挥汗如雨的时候，每一次抬头，都会觉得田的另一头总是遥遥无期。平常说的农民有吃苦的韧劲，其实那份耐心谁都不是天生的，也就是如此的一天天打造而成的一种不得不持续的坚韧吧！

　　除去上课和农活，在空闲时间里父亲爱好很多。他喜欢运动、音乐等，电子琴、二胡等乐器父亲虽不精通，勉强地可以演奏上一段，父亲心情好时总会哼些老歌，都是曾经流行的老歌，如《逛新城》《十五的月亮》之类。我还记得读小学的时候，晚饭后我们常到奶奶家玩一会儿，三叔、四叔两家也常一起过来，一大家子人围着奶奶家前屋昏暗的灯光，在板凳、床上随意地坐着，东家长西家短地闲聊着。父亲高兴时便取下爷爷挂在墙上的破旧二胡，断断续续地拉上一会儿。爷爷偶尔也点评几句。拉的曲子，我还记得的只有《二泉映月》了。

　　父亲兄弟姐妹共7个，父亲老大，最受尊重，也对大家庭付出很多。父亲成家时我的叔叔、姑姑多数还在上学，作为大哥的父亲，承担起了大家庭的很多担子。父亲的孝顺，得到了很多人赞赏。但凡事有正反两面，在资源相对有限的情况下，对爷爷奶奶的孝顺，同时也是给母亲的压力。小家和大家有时难以两全，他们俩曾一度吵闹得不可开交。这种情况也是在我上中学后，他们俩似乎才找到了一个合理的平衡点。

　　从我读高中开始，父母为了照顾我，就在县城租了房子住，他们每天要骑摩托车走二十多里的路去上班。父亲、母亲不在一个学校，父亲总要先送母亲到学校自己再去上班，只要没有下雪或路面结冰等恶劣天气，中午他们都还要从学校赶回来做饭给我吃，饭后再匆忙地赶回去。就这样住在县城，上班在农村，每天四趟地奔波。当爸妈把我辛苦地送到大学后,妹妹又开始上高中。我和妹妹都在高中复读过,所以有了最终的八年征程。粗略地计算了一下,仅上下班,爸妈就至少跑了15万公里。春秋天骑摩托车还只是面临着交通危险,但在冬天的寒风中不管你穿多少衣服,挡风用的大衣包裹得多么严实,如刀子一样冰冷的风总会钻进你的膝盖、手指和脖子。在北方冬天骑过车的人,我相信都有过这样的感受:骑在路上,你是不是不断地和自己说:"坚持坚持就要到了……";手指实在麻木得不行了,就停下来把手伸进自己的脖子、袖口捂上一会儿再继续赶路。生长在南方的人们,只靠着想想是永远也不会真正感触到那份刺骨的寒冷的。

总体来说,我眼中的父亲并没有那么完美,客观地讲我不喜欢他的性格,父亲做事太谨慎,顾虑多,十分的犹豫。母亲时常唠叨他:"前怕狼,后怕虎……"我们在县城租平房住时,我在家拖动个凳子,他都会提醒不要吵到邻居,搬来一个曾有过矛盾的邻居,他又怕人家会不会对我们不利。这种情绪时常缠绕在周围,我总觉得自己一些坏习惯或多或少地都受了父亲的影响。说到坏的嗜好,爱打麻将的嗜好更是不能遗漏的。在我上小学的时候,爸妈因为打麻将没少吵架、干仗。母亲那时候还年轻,总想要管着父亲却又无能为力,围绕着打麻将他们的冲突时常会升级,我和妹妹常因此受到牵连。晚上父亲偷偷地外出打麻将,母亲找不到的话,只能在家对我和妹妹发脾气;若是找到了父亲,便会和父亲半夜一起归来。我和妹妹就揣着不安静静地等待他们回来,甚至不敢睡觉。因为长期积累的经验告诉我们，就算他们一起回家，接下来的争吵多数情况下是少不了的，矛盾的程度基本取决于父亲的输赢，以及和谁打了牌。总而言之，父亲打麻将，无形中我和妹妹就成了无辜的间接受害者。

二、遗失的幸福时刻

　　默默地回想父亲生病前和我一起度过的时光，再翻开那些消逝已久的影像，不管我多么努力记住，总有些许细节不断地在脑海里遗落。父亲的教诲，曾经的亲子时光，似乎留下的美好的记忆都被最后的两年病痛给抹平了。

　　记得那是我第一年参加高考，最后一门课考完，本来晴朗的天突然下起了大雨，同学们没有几个带伞的，大家不是在楼道躲雨，就是被困在了车棚。焦急的家长们，也只能默默地在校门口等待孩子凯旋。雨越来越大，丝毫没有要停的意思，六月虽已入夏，但暴雨中的凉风一阵一阵地吹在打湿的衣服上，还是让人有些发抖。铁皮做的车棚，在暴雨的打击下，"噼里啪啦"地发出巨大的声响，正映衬着刚走出考场还未平息的心情。十分钟过去了……二十分钟过去了……人群里陆续有忍不住的考生推着自行车冲进了雨里，帅气的小伙子们瞬间变成了瑟瑟发抖的落汤鸡，而校园外不用看也知道一定是聚满了焦急等待的家长。此时的情形是里面的人没伞出不去，外面的人有伞却进不来。我完全没有预料到父亲会突然出现，他撑着一把黑色雨伞沿着车棚找到我时，我真的大吃一惊。也许在之前的一分钟里，我的目光无数次从他身上扫过，却没有停留，根本没想到循规蹈矩的父亲会翻校园的栅栏进来。而此刻，当他打着一把黑伞，默默地走到我身边停下时，我才发觉竟是父亲，他来给我送伞，接我回家。周围同学陌生的目光瞬间都落在了我的身上，那一刻，我很真切地感受到同学的羡慕给我带来的喜悦。

高三那年，大概是青春期的叛逆吧，有一段时间我特别的烦父亲，觉得他啰唆、纠结，有着一千种我看不惯的理由。考前的两个多月，我总是容易莫名地跟爸妈生气，我希望他们不要再陪我了。大概是考虑到距离高考不远了，最终他们拗不过我，顺着我的意见回了老家，不在县城照顾我。当时自己也不想让他们付出太多，关爱多了，接受的压力就更大。然而母亲总会隔一两天就过来，给我把菜烧好放着，有时候我回家后会发现饭菜都好了，人却已经走了。他们就这样躲着我做好饭就撤……而我因为食堂饭太难吃了，也就默默地接受了他们如此费心。

母亲告诉我，有一天父亲想来看我，但又怕稍有不慎惹我烦躁。他便在我放学回去要经过的十字路口等着我，远远地看着我走近又走远。便曾有过：夏日的黄昏里，一个父亲静静地站在环城路路口的某个角落，手里捧着妻子送来的才出锅的萝卜饼，看着焦脆的饼皮，嘴角无意间已经储备了满满的口水，一口咬下，饱满的萝卜汁配上小葱的香，味道香得不得了。父亲一边吃一边注视着放学归来的孩子们，熙熙攘攘的自行车流看不见源头，叽叽喳喳的说笑声一阵阵地飘来,车流欢快地从路口穿过,父亲努力地眺望着,终于在匆忙的车流中看到了自己的儿子。父亲张望着,张望着,看着儿子渐渐走远,心里有一点点失望,狠狠地在手里捧着的萝卜饼上咬了一大口,油不小心又滴到了衣服上……父亲吃得很香,没有生气,只是笑得十分的无奈。

三、噩运的开始

　　大三的那年暑假,我没有回家,而是在学校上考研辅导班。一个和我家住同一个小区的高中同学给我发信息说"没事回来看看"。我再三追问,她却又什么都不说了。我便难以再安心地看书,匆忙地赶了回来。在回家的火车上,我才意识到在此之前的近半个多月我打电话要和父亲说话时,母亲和妹妹总找理由说他不在,上周父亲和我通过话,我才略略放心,却完全不知道中间发生了什么。

　　母亲骑摩托车来县城的汽车站接我,我在出站口的马路边等到了风尘仆仆赶来的母亲,用蓬头垢面形容她一点不夸张。母亲脸上的微笑夹杂着强烈的勉强,我没有先问她家里是不是出事了,我还抱着一丝侥幸,希望没有任何事情发生,至少不要有太坏的消息。一年前,也是在放暑假接我回家的路上,母亲告诉我父亲骑摩托车腿摔骨折了,把我吓了一跳。今天我坐在摩托车的后座上,却期待着母亲快点告诉我,父亲何时又摔折了另一条腿,或者是不是胳膊又折了。然而，这一丝侥幸终究没有躲过，当母亲提到"癌"字的时候，我突然脑子全部空白，顿时觉得摩托车把自己带入了云霄，只想赶快从这个噩梦中醒来。我恐惧地不断闭眼睁眼，用尽所有意念的力量，希望现在的场景从眼前消失，希望时光回到一年前，可睁开眼自己仍坐在摩托车的后座上，一切都按照默认的轨迹行进着。"肿瘤"这个看似遥远的噩梦竟真的走进了自己的生活，想都没敢想的东西就这样在毫无防备时，强行地和我的生活扯上了关系。我在心里一遍遍地呐喊，怎么会？为什么！为什么！却没有人回答我，也不管我如何呐喊都无济于事。在回家的路上，母亲告诉了我父亲目前的大概病情：一个月前在医院检查出的肠道肿瘤，去蚌埠做了手术，手术是成功的，身体的其他部位还没有发生病变，但肿瘤细胞已经扩散到了附近淋巴组织。我并不了解肠道肿瘤有多么严重，听到扩散、转移，每一个字都像是一枚炸弹一样在心中点燃。我的脑海里不断开始闪现出那些关于生命的议题，什么是生命？死亡究竟又有多远？那些曾一直以为都是遥远的未来，或学术性的探讨，从未觉得这些话题竟是如此的现实。

  我们到家时，父亲坐在门口的凳子上等着我们。我突然觉得好久、好久没有仔细地看过父亲，他消瘦的身影，满脸的络腮胡子，稀疏的头发随意地耷拉在头皮上，年近五十，泛黄的脸庞已不再见曾经的英俊。他眼角满满的皱纹没有覆盖掉见到我的欣喜，但也掩藏不住溢出的忧伤。那天父亲气色挺好，忙前忙后地拾掇着，拿东西，搬板凳，甚至看不出生病的迹象。我们没有聊他的病情，说的只是我回来是否顺利，几点的车，等等。大家都希望把病痛忘记，哪怕只是暂时的，也想尽力把一切维持得和过往一样，一家人只是吃饭、聊天……

傍晚时父亲提议去散步，在夕阳下，田间的微风扫过，路边的野草、野花在风中快乐地舞动着。我和妹妹跟着父亲，走在那条通向邻村排水渠的土路上。傍晚的空气清新而淳朴，田里刚发芽的玉米正努力地向上生长着，仿佛你能感受到它们大口地吸吮着最后几缕夕阳余光。一路上父亲不时地给我们解说遇到的各种野菜，它们味道如何，该如何去做，哪里容易找到，哪种他小时候吃得最多……我和妹妹分别走在他两边，听着他的小故事，看着他在夕阳中拉得长长的身影忽暗忽明。我能感受到他沉醉于回忆里的美好而短暂的快乐，曾经经历过的辛苦，都成了有滋有味的想念。此时，我只能在心头叹息，脚下正踏出的每一步，不也正将是我多年以后的慢慢回忆么。曾经不是他没抽时间陪我，就是后来我的叛逆不愿意和他多待。那个暑假，我在家陪父亲下棋、打牌、散步，趁着眼前还有的一切机会，去挽留所有正在消逝的一分一秒。我不敢去想关于父亲是否会离开的问题，只想尽量补足些我们缺失的时光，给自己多留一些和父亲的共同回忆。我本想在家再多待一段时间，还是被爸妈催着回了学校，继续上考研辅导班。我注意力却很难集中，在教室里我多渴望当我一抬头看到的是堆在高三复习班课桌的那一摞资料，听到的是我想上大学的呼喊。晚上总想着第二天一觉醒来，什么都没有发生，一切都只是一个噩梦。在一遍遍无力的呐喊后，再无情的事实终究是要面对的，不得不无奈地接受眼前的一切，也就这样在焦虑、压力和不安中，步入了大四。

再次准备回家时，父亲正在蚌埠医学院附院化疗，我便直接去了医院，从芜湖坐火车去蚌埠，晚上到的医院。在此之前，我对祖国的医院拥挤没有直观的感受，直到那晚，方才知道在医院睡过道竟也是要抢的。到了住院部，我走出电梯便大吃一惊，看到从消防门口到走廊尽头，过道里睡满了人。昏暗的灯光下，只见沿着走廊的一侧，折叠床上睡着病人，泡沫垫、硬纸板打的地铺蜷缩着家属，床头堆着脸盆、水桶等生活用品，一个个紧挨着。我小心地跨着，让着，轻声地向前走，目光总在无意间接触到那一个个空洞的眼神，坚韧、无助、更是渴望。父亲住的医院是皖北肿瘤医院，这是一个与死亡斗争的战场，走廊的每个角落都流露出一丝寒意，偶尔从莫名的角落传来几声低沉的呻吟和碎语，打破了这片安静，更添了一份压抑。我找到爸妈时，他们正坐在床位上聊天，父亲没有排到房间的病床，也是住在走廊加的床位，一个一米宽的折叠铁床和一根打吊水的支架，就是生命与死神斗争的最前沿火线！看着病床上的父亲，心被狠狠地纠缠着，我这让他们骄傲的儿子，既不能挽回病情，也无法改善就医条件，能做的就只有眼睁睁地看着，就这样看着……那晚，我最终也在楼梯口找到了一块可以铺下席子的空地。躺在冰凉的地面，忘记了寒冷，闻不到烟味，听不到身边路人的脚步，只有恐惧和不安。我给刚分手的女友发短信，欲寻求一丝慰藉，却得到了冷冷的回答"大医院都一样……"多么真实而客观的回答，回答得让我无法反驳。

第二天父亲要准备开始化疗，早晨起床后他便一脸的严肃，如同即将冲锋的敢死队，做出与病魔奋力厮杀的准备，但一直等到中午主治医生过来说推迟一天化疗，父亲这时脸上紧绷的表情突然放松了很多。化疗、放疗总和癌症同时出现，听上去就是个很恐怖的词语。我在此之前不知道什么是放、化疗，更不清楚它们的区别，后来才知道化疗就是用吊针打一些很"毒"的药水，对体内一定群体的细胞来一次大屠杀，既然是屠杀，自身的细胞也会被杀得奄奄一息。

多次化疗消耗了父亲太多的精力，父亲被折磨得恐惧了，哪怕能躲一天也是好的。父亲化疗后虽没有不停地掉头发，但呕吐、疼痛和各种他人无法体会的伤，早已将他折磨得憔悴不堪。每次化疗，都是一次绝地逢生的战斗，是一次充满痛苦和恐惧的煎熬。这种伤痛会慢慢恢复，而恢复又是为了等待下一次循环的开始。对于肿瘤病人而言，有句俗话叫"生命不息，放化疗不止"。话说得好像很矛盾，但很多时候客观的事实却又只能如此。我记得每次吊针打完最厉害的"奥沙利铂"时，父亲好像都要把胃里的水吐得干干净净也难以止住，父亲坚强的表情，让我看到的是心里汹涌的泪水和无助，病魔缠身时，任你万般力量也于事无补。

母亲希望父亲化疗时我或妹妹能陪着，家是父亲坚持的动力，是他面对痛苦的最大勇气，母亲害怕父亲会坚持不住，会放弃，纵使这种坚持不一定有效，甚至不一定是对延长生命有意义，只是这唯一的希望绝不能轻易放弃。住院期间父亲状态好一点时，晚饭后我们会到不远的淮河边散步，河岸上来来往往穿梭着散步的人流，但这热闹的气氛，却如同默默流淌的淮河水，虽然就在身边却又不能融入。沿着河岸走着，父亲偶尔碰到一两个认识的病友，他们像久违的战友，交流着各自的战斗经历，在死神面前，相互鼓励相互祝福着。距离医院不远有一个露天的 KTV，我们每次路过都会停下来听几首歌，三元一首，父亲偶尔也会唱上两首。我们希望父亲多去唱唱，只有在唱歌时，父亲专注的神情，瞬间便回到了记忆里那个精神抖擞、充满活力和多才多艺的爸爸。但父亲随着一次又一次的化疗，身体一点一滴地越发虚弱，去唱歌的次数也渐渐地减少，直至后来只是路过听听，不再登台去唱了。

每次化疗结束回到家，父亲大概要一周才能逐步恢复，母亲精心地照顾着，吃喝拉撒一样不落，累了、伤心了，总会偷偷地自己一个人找个角落哭泣。不孝的我，记不得父亲一共化疗几次，只陪着去过三次，辛苦了母亲和妹妹。每次看着父亲受罪，却不能分担出一点痛苦，我们能做的只有默默地陪着他，默默地等待，等待着生，等待着死。父亲的时间我不知道还有多少，我在图书馆查看了一些有关肠道肿瘤方面的书。和书上的相关病情做了些对比，以父亲的情况，手术生存三年时间的概率不足一半，而超过五年的生存率就只有十分之一。我不知道这些统计是否准确，人类此时还是那么的无助，只能用逝去的生命，推算出即将离开的灵魂残存的停留时间。我无法去想象，知道自己生命尽头在哪儿，会是多么的恐惧。

大学毕业的那个暑假，我基本上是天天陪着父亲，也是我们朝夕相伴最久的一个假期，我陪他去广场听大爷唱歌；骑着自行车载他去新修的火车站看铁路……父亲生病后一直努力地珍惜和享受着和我们在一起相处的一分、一秒。虽然他自己没说，我也知道他后悔曾经的幸福时间没有好好地和家人共处，只是这份珍惜来得太晚、太无助。

研究生开学，我独自一人踏上了前往学校的火车，我一路都在幻想着若是父亲没病，能再像四年前一样多送我一次，再像四年前一样开开心心地陪我完成一次新生报到的流程，那该有多么幸福。心里一阵酸楚，默默地环顾四周却又都是一副副陌生而冷冷的面孔，没有父亲那熟悉而沧桑的脸庞了。

在读研期间我回家很频繁，也很感谢张老师的关爱，我才能够常常回家。每次踏上回家的火车，我既充满期待，又是怀揣不安，我宁愿火车开得慢一点，让这种回家能团聚的幸福期待多停留在心中一刻，我害怕有一天真正失去了团圆的机会。父亲身体日益憔悴，我不知道回去后等待我的又会是什么样的场景，仿佛回家团聚的时光已经开始了它的倒计时，害怕终有一次回家就真的看不到父亲了。

那个寒假回家的路上，我依靠着车窗，看着沿路的麦田里，油绿的麦苗正用娇弱的身躯和风霜抗衡着，在冰封的泥土里奋发向上，期待春回大地，心理却涌出阵阵伤心。火车先到宿州，我要接一个初中同学帮忙介绍的"女朋友"。事情的缘由是我在学校告诉爸爸有个差不多的女朋友，虽然确实是有过一段时间，但在回家前两周就分了。为了让父亲开心点，就找人帮忙"借"了个女朋友回家吃顿饭。父亲从手术恢复些后，就一直在焦虑我的个人问题。我知道他想尽可能坚持到我成家立业，想让我在变成单亲家庭前，找到合适的对象。父亲随着病情的加重，更着急这个事情了，不断地托人到处打听，就连儿媳妇的标准也在不断降低。从宿州接到女生后，二叔把我们送回家，一切进行得都很顺利，那天中午吃饭的气氛虽然笼罩着一丝不安，但已经是家里难得的欢乐了。每个人都不提忧伤，勉强地演绎着快乐。父亲也很高兴，送走女孩后，妹妹和我说爸爸下午一直说这个人有福气相之类的话。父亲的一个笑脸给家人带来了难得的一丝瞬间安慰。面对痛苦，我们能做的也许仅是帮他短暂地转移注意力，艰难地打入一点快乐的因素吧。

父亲最后一次在家等我，是我读研究生一年级的那个暑假。当我回到家时，他已经两天卧床不起了。几天前母亲打电话让我放假早点回来，我心里有准备是父亲病情加重了，但我没想到竟是无法起床。看着静静地躺在床上的父亲，我的心被紧紧地揪着。接下来的几天，我只能眼睁睁地看着父亲，渐渐地从一个胳膊无力举起，一条腿慢慢地失去知觉，逐步地发展到完全失去对四肢的控制。父亲躺在床上不能动掸，思维却很清晰，失去了肢体的控制，父亲像被困在一个无形的牢笼，灵魂被紧紧地锁着动弹不得，任由无限的恐惧和无奈袭来。叔叔和姑姑们陆续从各地回来，给我们的小家带来了依靠和安慰，也让我感到害怕，好像距离真正的送别更近了。大概是肿瘤转移，父亲疼得后脑勺不能睡枕头，我们轮流把手垫在头下托举起他的头。房间里的空调调到了二十五摄氏度，但父亲的发髻间依然不间断地冒出汗水，虚弱的汗水很快就湿了手掌。我们小心地听着父亲的指示，才能把他的头摆在一个他认为相对而言不那么痛苦的位置。大家轮流着按压父亲的手臂，让他感知臂膀的存在，略微地缓解一点点他的不安。每隔一天，手臂上需要按压的力量也越来越大，渐渐地，渐渐地，再大的力气也无法刺激父亲的神经了。最后，父亲已经感觉不到自己四肢的存在了，他开始着急，也许他心中已经接受死亡无法逃避的事实，但作为生命的本能对生的追求又如何停止，只是多一点对生命的感知也变得遥不可及。无奈中我们只能把父亲的手举起放到他眼前，让他知道自己的手在哪里。只是这给家遮风挡雨到最后一刻的手，终究再也无法抬起。

母亲不知道从哪里请来了一个江湖郎中，"郎中"给父亲喂了些黑色的药水，父亲昏睡了一两个小时，醒来依旧还是很痛苦，"郎中"早已拿钱离开了。我自然是不相信这些江湖游医的，甚至觉得这么做很荒唐，尽管如此还是愿意选择相信，内心忍不住生出一份期待，不管是否荒唐，真的只要有一丝可能，哪怕是想象出来的可能，都不会轻易放过，我深切感受到人在末路时想抓住救命稻草的真切。不过后来母亲说，那个游医之前给的药是给父亲减缓了些许疼痛，也算是给我们唯一的安慰了。

父亲离世前的三天便没有再睡着过，静静地躺在床上，紧盯着天花板，甚至还告诉我们他在墙角看到了一只小壁虎。他依然明亮的眼睛舍不得多闭上一秒，注视着来看望他的人们，总想再多看看这生活了一辈子的房间，再多回忆一点这走过的五十年酸甜苦辣。

父亲说话的语气一句比一句微弱，最后只能是断断续续地一个词、一个字地蹦出，每一个字都是鼓足最后的力量。我眼睁睁地看着被痛苦、恐惧包围的父亲，却束手无策，静静地听着他急促的呼吸，越来越弱，弱到无法感知。父亲到辞世的最后一秒仍是清醒的，他虽无法言语，但我知道他听得见我的告别，只是父亲说不出最后的叮嘱，在泪水中父亲张开眼睛的频率越来越低，低到他自己再也没有办法睁开，只有清澈的泪水一滴滴地冒出，在眼角苍白的褶皱上轻轻地滑落。

在那个夏日的中午，在堂屋的病床上，父亲静静地停止了呼吸。我没有哭，我知道这对父亲而言也是一种解脱。母亲后来说，父亲在难以忍受时，曾多次请求医生结束自己的生命。我无法想象肿瘤扩散带来的痛苦，只知道这是各种止痛药都无能为力、甚至让人求死的痛。父亲下葬那天莫名下起了雨，在殡仪馆我接过用盖棺布包裹的骨灰盒，沉甸甸的盒子好像依然有着温度，我不知道这温度从何而来，但这是我最后一次感受父亲的温度了。

四、我只想轻声地对您说

时间总在我们没来得及思考时就匆匆而过，转眼间你已经离开我们将近三年了，而截至目前又变成了五年了。那些幸福和伤痛的记忆虽然刻骨铭心,但我无法阻挡你在我记忆里的距离不断拉长。再强烈的思念,也无法保存住你在我身边曾经的温暖,每次默默回忆和您在一起的一言一行,我唯恐遗落那些只能永远停留在记忆里的一分一秒。很多时候我总忍不住去想象,您若依然伴在我身旁,我将拥有多么幸福的天堂。

清明上坟时,在您的坟前默念,我们一遍遍地回忆您在身边的日子。很多想和您说的话,不知您是否能听见。

您是否记得,我们最后一次去公共澡堂?您忍着疼痛却依然要为我搓背,我万般不忍,可我害怕再也没机会让您给我搓背,最终却成了事实。那天您从水池出来到休息室时,脸上挂着笑容,我也明白您的笑容是因为昨天我带了个"女友"回家。而您不知道的是这个女友是我一个初中同学帮我找的同学,我不是故意要骗您,哪怕您多点笑脸,我们心里总归是会多一丝安慰。

您是否记得,我们一家还有雅娜、远东一起去爬坪山的那个雨天?我说着要出去活动,想的是您和我们多去走走,刻意让您多给我留些各色的记忆。还记得第一次去坪山,那是我刚读高一的时候,您骑着新买的摩托车带着我和妹妹去爬山,刚到山脚下摩托车爆胎了。修车的间隙我们在一个小饭馆吃的面条和一份炒干丝,还有您的一瓶啤酒,这些我都清楚地记得。那时我们中途没有歇息就直接到了山顶,生病后的您走几步就要停下来休息,我年轻力壮的父亲去哪儿了?

您是否记得,我读小学时的一个冬天的雨夜家里停电,我们都躺在床上无事可做，您一遍一遍地教我的二十四节气歌吗？是否记得，我们一起常去晃悠的泗州广场？是否记得……

我相信一切的一切您都带着离开，从没有忘却过。在您生命的最后时刻，虽然您不再能支配身体或语言，甚至眨眨眼都需要力气。我明白您的万般不舍，您只能是带着没流干的泪水，带着无底的伤痛，默默地离开了我和我们的家，离开了我们一起度过的二十五个春秋，也离开了您的父母，还有您的兄弟姐妹们。

虽然我不确定是否真的有另一个空间，但我想和您说说我们这一大家子人现在都过得挺好。

妈妈这两年多身体没有什么大问题，但小毛病不断。隔三岔五地总要到医院去开点药或打个吊针，小姑和敢先他们在这方面帮了很多忙。在西关医院吴还自己上手术台给妈妈动了个小手术，切除了一个长在腿上皮质层的小疙瘩。我知道特别是在生病的时候，她一定比我更加百倍地思念您。

妹妹是您一直最惦记的，想告诉您她现在都好，快要毕业了，两年前准备考宿州学院的本科，后来不知为何又放弃了。现在在合肥一家建筑公司做财务，工资虽不是特别高，但也算是一份稳定的工作。母亲也想着她嫁人成家便算又完成了一个重要的心事。

还要和您说一个您还没有见过的人，邱老师，个子中等，大眼睛、宽脸庞，嘴巴不小、牙口很好，总之相貌谈不上多漂亮，也不丑。她性格呢，没有杉那么暴躁，但是倔强却一点没有减少，总体上还是挺好的。

在您离开的时间，我们这个大家庭还增加了两口人，小姑的小儿子石头和四叔的小儿子辰汗。如果把表哥表妹的孩子也算上，就又多了两个人，您如果还在的话也一定会催促我了。

爷爷奶奶的身体都还好，就是爷爷的手抖动得更厉害了，以前只是左手抖，现在右手开始有加重的迹象了。他们还是半天打麻将半天休息，偶尔再收拾下菜园，生活很平静。上次回去的时候，爷爷在以前旧的牛槽里种上的莲藕已经长出了很大的荷叶，但牛槽有点漏水，最后莲藕还是因为偶尔忘记及时加水而干枯死了。

叔叔和姑姑们的生活轨迹，基本上还都和以前一样没有太大的变化。只是远东已经大学毕业，雅娜、则远也在读大学了。

我们村头的容貌变化挺大，路边基本已经被各家的楼房盖齐了，多数人已从老村子里搬了出来。就在今年村里终于通上了期盼已久的水泥路，就差门口的几十米就再也不怕雨天泥路封门了。至于田地和村里面却一点变化都没有，一阵春风吹过，远处依旧是碧绿的麦浪翻滚；路边树枝上那些红的紫的桑葚，还是招来了那么多鸟儿和村里的孩子们。

时间真的是拖得太久，写着写着，在母亲的操持下，我们已经把路修到了家门口。因为后面房子漏水了，家里又建了几间平房，不用再担心我和妹妹如果同时回家没有地方住了。

"父亲，只是我们的生活里没有了您！"

母亲的南京之行

清晨早早地醒来,想到远在南京准备去医院检查的母亲和妹妹,心里总有一丝不安。我拿起手机,想打电话问问情况,又觉得只言片语的问候解决不了任何问题。我正犹豫不决时,恍惚间突然意识到,并不经常出门的母亲,外省的城市去得最多的就是南京了,而那里承载的又多是阴蒙蒙的记忆。

记得我高中毕业那年,大概因为高考压力大和性格孤僻,我被一些强迫症的表现困扰着。我从仅有的报纸杂志上了解的一点心理知识,告诉我这是强迫症表现,便带着期待让爸妈带我去了南京脑科医院。在医院排队挂号的时候,我发觉自己好像来错了地方,医院的走廊里有人在趴着墙唱"东方红,太阳升……";有人不停地在地上打滚、翻跟头;再看那些坐在凳子上,翻着白眼瞅着天花板的人，你甚至都不觉得他有异样了。顿时感到我的强迫症，真不是啥大不了的事了。挂的是专家号，焦急地等待了许久，终于轮到了我。在诊室门口我还想着应该怎么说才能让医生了解我的痛苦，进去后发现全没必要。不记得自己有没有说到第二句话，医生的助理就叫了爸妈进来，年长的专家三言两语地问了问我，就向爸妈解释说我要系统地学习，便卖给我们一千多元的光盘。十多年前的一千块，是母亲一个月的工资，那天爸妈钱带得不够，医生的助理很"爽快"地先把光盘给了我们，同意我们回去再补齐尾款。抱着宝贝一样的光盘回到家，第一件事我就是着急地催促着把钱补上，教程确是给了我不少帮助，只是现在回头再看，如此的看病，总觉得哪里有些不妥。

　　从医院出来后，我们没有赶上南京回家的最后一班长途汽车，只好留下来过夜。在这里还要感谢高中同学靓妹，把我安排在没人的女生宿舍住了一晚，她们的宿舍楼在校园外，又是暑假没人管理，我才能在她的隔壁借宿一夜，去年再遇到靓妹和她说到此事时，她却已经记不得有过此事。

　　隔了很久，母亲一次聊天再次提到那次南京之行时，我才知道母亲和父亲花一千块给我买了书和光盘，却没有舍得花几十块钱去住旅馆。那个盛夏的夜晚，他们在广场上借着路灯，竟打了一夜的扑克。至于场景，不难想象，昏黄的路灯下蛐蛐叫个不停，坐在花园边的父母，你一张，我一张地出着扑克。蝇虫在身边飞舞着，一个巴掌拍在腿上，一只带着鲜血的蚊子尸体，便出现在掌心。然后，继续打牌，继续聊天，东家长、西家短，反反复复地说着，聊过往聊亲邻，聊他们第一次来南京的种种……夜渐渐地深了，周围的人渐渐地散去，路灯一点点地黯淡下去，直至完全陷入一片静默。水泥地辐射出的暖暖热浪，丝毫没有减少，非要把白天吸收阳光，一股脑地全吐给深夜。疲惫渐渐袭来，扑克牌在昏暗的灯光中已看不太清，这样的一夜是何等的漫长。

母亲后来再去南京就是两年前陪父亲看病了，那时父亲的生命似乎能看到终点了。隐约可见的死亡，如同一只厉鬼等待在路上。在安徽肿瘤医院，父亲的肿瘤细胞已确诊开始扩散，母亲坚持陪父亲再来南京复查，心里明白这是寻找奇迹，但依然舍不得放弃。如今我才明白，再理性的无神论者，当科学和理智无法带领我们走出末路时，心便会动摇，开始相信神和命运的存在。母亲与父亲的南京之行，同去的还有妹妹，后来我在妹妹的手机里看到了一段不足两分钟的小视频。妹妹和爸妈三人在玄武湖上划船，妹妹和母亲分别坐在小船的后排两侧，视频里妹妹一闪而过，只能看见她的手握着小船的方向盘，把握着船的航向。父亲戴着黑色的太阳帽，坐在船的前排，正看着远处的水面，脸上带着苦涩的微笑，哼着他经常唱的"洪湖水……浪打浪……洪湖岸边是家乡……"淡淡的阳光，映在波澜不惊的水面，泛起淋漓的波光。父亲脸上挤出一丝笑容，眼角却充斥着掩藏不住的无助，看着父亲眼角深深的皱纹，我想起筷子兄弟的《父亲》，"你牵挂的孩子啊长大啦，时光、时光慢些吧，不要再让你变老啦！我愿用我一切换你岁月长留……"我不渴望，像歌中所期待的不让你变老，我只仅仅渴望生活再多点时间，让你再变得更老，更老一点，我就满足了。让你眼角的皱纹，如撒出的渔网一般布满整个面庞，我便是幸福的。视频里的母亲，端详着哼着小曲儿的父亲，母亲的头发被湖面上的凉风吹得胡乱飞舞，脸上的微笑僵硬得似是而非。母亲看着父亲时，表情更像是妈妈看着自己即将远行的孩子，眼神里流露的是不舍，是爱恋，也是无奈。她的目光沿着父亲的视野移向远处，玄武湖的水面上一片空寂，没有别的游船，也没有波浪。从小船前端的窗户望去，除了平静的水面，只有远处若隐若现的高楼。母亲张望了一会儿，好像是很难发现父亲目光究竟落在哪里，便转过头看了看拿着手机拍摄视频的妹妹。母亲没有说话，依旧是木讷地苦笑着，傻傻的笑容后，是满满的不舍和恐惧。

　　记得母亲曾说过，她最早去南京，是新婚的那年，为了体验火车，父亲便带她从家转车到蚌埠再搭火车去了南京。我想，那个晴朗的清晨，一辆崭新的永久自行车，"吱吱呦呦"地从村口出发。父亲哼着小曲，卖力地蹬着自行车，高低不平的土路，颠得自行车"叮叮当当"响个不停，也颠得后座的母亲紧紧地抓着父亲的腰。春风吹在脸上，软软的，甜甜的，风吹乱了母亲刚烫的头发，也吹出了父亲浅浅的酒窝。一路行去，从自行车换到汽车，再转火车，穿过麦田，穿过早市，穿越时空，终于到达古都南京。我不知道玄武湖的水，三十年前是否如此平静，也不清楚夫子庙的店铺，曾经是否人流涌动。但我知道，一对小夫妻，在远离我们的岁月，曾带着年轻，带着期待，在这六朝古都嬉戏、游览，在养儿育女的征程前，在拥抱阳光的年华，度过了一个最美的回忆！

如今，又一次带着并不愉悦的心情踏上了南京，六朝古都的风貌无心欣赏，在面对嘈杂而烦恼的人流时，多的只是心中的不踏实，还有一点点的焦躁吧。远在千里之外的儿子，也只能带去几声微弱的问候。

2015 年 7 月

回　家

　　端午放假，我和邱带着母亲早早地出发了，准备回安徽过节。也许是因为端午高速并不免费，出行的人并不太多，一路上都很畅通。车子渐渐出了城，两侧的风景从高楼林立，隧道连着天桥，换成了看不到边际的麦田。这金色的海洋，从高速路边向远处铺开，淹没了田间的小路，淹没了稀疏的村子，一直延伸到视野的尽头。零散的几片小树林，被包围在这片灿烂的波浪里，如同是一片绿色的孤岛浮在这无垠的金色海洋。

　　窗外的阳光暖暖地洒在车上，心也是暖的，在这绿色、黄色不断交织的视野里，四个小时的车程，竟毫无疲惫。母亲两天前从老家赶来看病，所幸检查并无大碍，我们才安心踏上归程，回家过端午。父亲离开这几年，母亲大病没有却小疾不断，牙疼、腰痛、甚至肿瘤筛查也有异常。究其原因，除了年纪和操劳，或许就是一个人生活，心境不够畅快吧。

　　车开过苏皖的交界处，我们很快从省道拐弯上了乡道，打开车窗，熟悉的一切立刻扑面而来，初夏的暖风，葱郁的树林，还有那成熟的麦穗夹杂着阳光的香，一切都让人觉得亲切、顺畅。我曾认为亲人在哪里，哪里就是家，父母在哪里，家的温暖也就在哪里。如今，我渐渐发现，家不仅有亲人，还有家的那份思念，那片故土，那点儿味道，还有成长历程中那些无法替代的过往，缺少了哪样，都追寻不了家的意义。回家，回到那个曾经生活过的，看得见，摸得着的房子和院子。回家的团聚，也许是想再听听父母爱意的责备，重温儿时的顽皮和天真，也许只是想傻傻地蹲在门口晒着太阳。

　　如今，我已踏入而立之年，三十岁的自省，我又是不合格的。总觉得自己还是个孩子，无法摆脱那些残存的幼稚。这份幼稚，撑不起一个家，成不了一座山。现实生活中不用真的长大的人是幸福的，我相信如果条件许可，大部分人也是愿意一直单纯下去。只是现实的世界不允许我们永远幼稚，再温暖的保护伞总有一天要破碎。"穷人的孩子早当家"，说的就是那些被迫快速成长者，在困难的打磨中，支撑起超越自我的责任。强者在这种磨难下快速成长，弱者在风雨中逐渐地凋零。

　　有时觉得伴随着年龄的增长，疑惑的增加总是大于知识的积累。遇到的问题多了，怎么做都对，怎么做也都不对，便如坐针毡般拿不定主意。前段时间有本畅销书《巨婴国》，作者从独特的视角分析了社会诸多现状，虽然有些偏激，但读完后仍感慨颇深。突然明白成长与年龄并无固定比例，经历和磨难才是成长的沃土，年龄大概仅能算作承载土壤的容器吧！没有经历过苦难，永远无法用理论或想象来补足；没有起起落落的历程，又怎可能心如止水。

时间的车轮里，我们期待也好，不期待也罢，它都在不停地一步一步向前走。我们阻挡不了时光的车轮，只有眼睁睁地看着它，不断碾压岁月，让我们一步一步地收藏起理想，降低了希望，压住了梦想。

回家，是在重复那些逝去的过往，在品味曾经的酸甜苦辣中寻找自我，在生动的回忆里缓解岁月变迁不断凝聚的感伤，在这浓浓的团聚中做出与时光仅有的一点点微弱抗衡吧！

小 学 时 光

　　初春的傍晚在老家闲逛，无意中溜达到了我曾经的小学——宋岗小学，阔别多年的好奇引领我前去一看究竟，恰逢周末，隔着大门的栅栏只见校园里空无一人。锈迹斑斑的铁门未曾上锁，我推门而入。二十多年过去了，校园的结构与记忆中保存的画面基本没有改变，只是野草侵占了园内的空地和那些已经没落的花园，曾经的瓦房翻新成了平房，破损的水泥路大概重新修葺过，但整个校园看上去很是萧条。学校是正统的坐北朝南的长方形院子，一条南北大道绕过校园中心的大花园，连接着南北两个大门。两排教室挨着南北墙排列着，破旧的水泥路连接着教室和中间的大路。校园中心的大花园，使得南北大路在中间多出了一个小小的环岛，曾经的花园种了很多月季花，粉的、红的、高的、矮的，是校园最美的景色了。

如今，只有最中心那颗高高的宝塔松孤独地屹立在那里。顺着久违的记忆，找寻校园西北角那对老夫妻开的小卖部，好像已经不在了，想起曾经流行的"老虎肉""唐僧肉"……每天能吃上那么两袋就是莫大的快乐了。近几年优化教育资源，农村小学都在不停地拆解合并，上次听母亲提过，这个曾有一百多学生的母校，如今只有两个年级共十多个学生了。我"上学"很早，大概刚能走路，家里没人照看我时，母亲便把我带到学校放在教室，学校的"半年级"我至少"上"了两年多。那时农村没有幼儿园，半年级便是读一年级前浓缩的幼儿园教育了。我的小学教育和家庭教育可以说是难以详细区分的，从一年级到五年级，分别跟着母亲、三叔，还有父亲上课。幸好在业余时间爸妈没有额外布置过作业，或者直接督促我们学习。只是我们哪天看书很认真，他们的笑脸明显增加，也更乐于满足我们的要求。

　　关于校园生活的记忆早已十分模糊，现在还保存有一张在学校花园边，穿着从女同学处借的连衣裙拍的照片，纪念着我也有过的"长发时代"。我从小一直到小学三年级都是留着长发，第一面常会被误认为是女孩，这都怪哪个鬼怪的算命先生，给我算命说长发才能留住某某好运。爸妈大概觉得宁可信其有而不愿信其无吧，一直等到九岁的剃头礼结束，我才从一头秀发变成了一个光头。

　　小学的更多快乐时光，停留在我与妹妹还有小伙伴们一起上学的小路。夏天的清晨我们踏着沾满露珠的野草，沿着作为农田分界线的狭窄小道，一歪一扭地向学校出发，路边的各色的小花，田里昂首的麦苗，平静而清澈池塘都是最纯粹的美景。

没有了冬日的寒风，我们都起得很早，在大人们默认上学早就是积极的好孩子的氛围里，小伙伴们又开始了上学早的比赛。但我们都不会偷偷地自己去学校，那样也许别人就不知道你去得早了，而是早早地吃了饭，然后跑到邻居家等着某某一起，非要约个三五个人才会出发。等待的过程就会特别有自豪感，"你看，我都已经收拾好要上学了，你还没吃呢……"

下午放学的路上就更热闹了，跑得快的孩子已经开始在水沟边抓青蛙了，那些被抓住的倒霉青蛙很快将被活活剥了皮，再拴在绳子上用来钓龙虾。虽有些残忍，但为了解馋的小龙虾真是剥得不亦乐乎，青蛙肯定是很难抓住的，最先被钓上来的小龙虾也会马上被肢解，拴在更多的钓竿上；胆子大一点的娃，便直接撅着屁股，挽起胳膊在小水沟里掏龙虾的巢穴，不时传来一声"哎呀……"是哪个倒霉鬼被龙虾钳到了手；在离家不远的场上，有人正抱着一把巨大的扫帚在捉蜻蜓，冲着成群的蜻蜓狠狠挥下去，总会有一两个不幸的要被压到扫帚下。我们从自然书上得知蜻蜓是吃蚊子的益虫，便把抓到的蜻蜓回家丢进蚊帐，但至今我也没有亲眼见过蜻蜓是怎么吃蚊子的，那些放进蚊帐的蜻蜓过不了两天就会变成干枯的标本，一动不动地挂在蚊帐的某个角落。

在那些静谧的时光里，大家一直就这样疯玩着，聊的不是《喜羊羊与灰太狼》，也不是《王者荣耀》的英雄，而是哪个水塘的虾更多，哪棵树上桑葚更大，哪儿的树又有几个鸟巢。在纯粹的快乐中，太阳不知不觉地挂到了树梢，远处开始陆续传来母亲们的呼唤，不断地有人不情愿地离开。有些母亲的嗓门很高，隔着几节田地，穿过树林，绕过农舍，偌大的村子不管你在哪都听得真真切切。要不了多一会儿，便出现了一个灰头灰脸的面孔，孩子们乖乖地回家，不是天性乖巧，也不是课余时间学习积极，只是无奈地威慑于可能的惩罚，那时农村的家庭教育是以体罚为主，理论引导为辅的方式，口头责备算是最轻的了。就说我自己，父母都是老师，我却依然被重重地打过好几次。母亲打我最严重的一次是在外婆家，大概读四年级，起因是我与舅舅的儿子争东西打架。母亲陷入了极端的情绪，以致打得我脸都有些浮肿，也许母亲也后悔过，只是如此非理性的惩罚，在我内心却是久久难以消融。父亲打我最重的是在一年秋天收花生的季节，我带领叔叔家的弟弟妹妹们把摆放整齐的带秧花生搞乱了。但我根本一点没有搞破坏的意思，只是我们玩得高兴，就把花生摆成了碉堡的样子，没有想到弄乱后还需要力气整理，觉得真心是冤枉了我。父亲回来立马发火了，我被一顿痛打，脚底留下了一道道血痕。父亲一定是农忙时要上课又要下田，疲劳积累了诸多的焦躁，我只是不幸地点燃了最后一根稻草。这些不悦的记忆已随着时光越来越淡，偶尔想起这点酸涩也是另一番滋味。便作为自我的警醒，未来我的孩子，我宁愿不要把他照顾得无微不至，但一定要有足够的独立和尊重。每天放学回到家，我们的活动并没有结束，三叔、四叔，还有奶奶的家都在村子的另一头，不管是放学顺路还是特意跑过去，我和妹妹每天都要去转上两三次。到奶奶家就算不饿，也要叫唤着："俺奶我吃饼!"然后拿着一块又干又硬的馍,就着大蒜有滋有味地吃了起来,再去拉着爷爷下棋,当然他要让我"车、马、炮"才能开战的,只是过去那么多年,我的棋艺依然没有什么进步。

　　夏日的傍晚,在奶奶家的前屋,沾满油烟的电灯泡泛着黄光,昏暗的灯光下,爷爷坐在灶台前烧火,不时用烧火棍把柴火往灶下推一推,白色的汗衫已被汗水浸湿。奶奶正在一旁的小桌上擀面条,一个面团,在擀面杖的千压、万滚下很快变成了薄薄的一层。爷爷一边烧锅,一边给我们讲故事,不是奶奶讲的那种狐妖鬼怪的故事,大多是历史名人典故或寓言故事,讲完后偶尔也会说一点提醒式的教育。我和妹妹还有叔叔家的弟弟妹妹们,或靠着门,或围在饭桌边勾着头认真地听着。故事还没结束,锅里的水就已经沸腾起来,蒸汽开始着急逃离铁锅,迫切地沿着锅盖边的缝隙向外钻。奶奶端起刚切好的面条,却不小心踩到蹲在桌下小狗的尾巴,小黄狗一声哀叫,冲出门消失在夜色中。时常听着故事就忘记了时间,太晚回家不仅母亲可能会责备,还要面对一路的黑暗带来的恐惧。

　　夜晚一旦停电了,村子很快就热闹起来,躲在家看电视的人们纷纷出动,三五成群地在门口东家长西家短地展开闲聊,相互打听什么时候来电。我和小伙伴们的"夜生活"便也开始了,在没有电脑和网络的时代,我们玩捉迷藏、"斗鸡""使不动"等游戏,再多次数的重复也不会觉得腻。"斗鸡"就是抱起一条腿后用另一条腿蹦着走,看谁先把对方撞倒。最常玩的应该是捉迷藏,室外版本的捉迷藏还是挺有难度的,虽然高高挂起的月亮驱散了一部分黑暗,但范围广、躲藏地变动等，一局下来两三个寻找者怎么也要找半个小时以上。其实躲藏的人要比寻找者更"痛苦"，躲在门前屋后的草垛、茅坑等各种旮旯漆黑的角落，忍受着茅坑浓重的臭味，还有蚊虫叮咬，时不时还会踩上一些狗屎。

晚上过了九点依然还没有来电，天热时很多人便准备睡在门外过夜了，大家陆续回家抬出网床，讲究的就再搭个蚊帐便准备在门口"露营"了。所谓"网床"就是没有床板，木床架用麻绳横一条，竖一条的交织起来，轻便又便宜，家家都会有两三个，来客人或是临时它用都很方便。睡在满天星空下，你会觉得仿佛整个世界都是自己的，紧紧地盯着黝黑的天空默默地等待流星，不知不觉地便进入了梦乡。不知道是没有耐心还是空气质量差了，现在我也时常盯着夜空，好像再没有看到过流星了。

如今，空调、电视的魅力早已超过这单调的夜空，不再有人在外过夜了。左邻右舍们忙着挣钱养家，一年到头也回不了几趟家，老邻居相处的日子也一天天的少了。我的那些儿时伙伴们早已各自成家立业，大家生活在不同的世界，仅有的交流大概也就是逢年过节回家时寒暄几句。好在我们所有人都还在为明天，为愿望坚持着，努力着，向往着。此时，我只愿所有人都能在这多彩的生活中，幸福、安康。

2015 年 6 月

难舍难分的桂花香

最近下班不再坐车回家，我加入了共享单车的行列，二十分钟便可从办公室骑回宿舍。沿途虽没有太美的风景，但活动一下筋骨，看看来来往往的人群，猜猜他们的幸福，对于有充足时间的我，也是不错的选择。

路过机场集团的操场，我总要把自行车停下，绕着操场旁的几栋旧楼走上几圈，不为别的，就为了闻闻那几棵桂花树的香。一株小小的桂花树，可以让周围很大一片园子都沁入它的"势力"范围。桂花在北方只在深秋的季节里才能看到它挂满枝头的小花，而南方的冬日也依然能嗅到它的芬芳。我并没有仔细地去深究过它的品种，只知道金桂、银桂、丹桂等，还有南方一年四季都开的四季桂，俗称月月桂。对于桂花香，我总是很敏感，远远地就能嗅到那份淡淡而悠远的清香。有时在陌生的马路边嗅到这熟悉的香味，忍不住就放慢了步子，舍不得踏出脚步，这些淡淡的香味饱含了我最怀念的日子，我更不愿意嗅得多了，麻木了自己的记忆，美好的东西总不舍得一次品味太多。

我对桂花的热诚始于大学校园，那时学校有很多桂花树，特别是我住了四年的宿舍楼门口，有两棵枝繁叶茂的桂花树，进进出出都要从它身边走过，时间久了这桂花的香味就变成了我大学生活的味道。青涩的爱情，纯真的友谊，无畏的青春都沁入了满满的桂花香。那时我总在奔跑的路上，我奔跑在洒满阳光的校园，不远处的女友和甜蜜的微笑正等着我；我奔跑在教学楼的台阶，楼上的教授已经开始点名；我奔跑在去往图书馆的路上，只希望能坐在昨天的那个漂亮的女同学身旁。

回首之间，距离我第一次踏上芜湖已十年有余，才发现十年的故事原来不那么遥远。在经历了两年苦难的高中复读生活后，我终于迎来了期待已久的大学校园，不管学校的好坏，能离开地狱似的复习班，就足够庆祝一番了。带着兴奋和些许遗憾踏入了安徽工程大学机电学院，开始了我的平凡而又难忘的四年大学生活。

学校在皖南的新城芜湖。初遇有湖有水的校园，立刻被它的小桥流水、湖边栈道，带进了江南水乡的世界。校园里一条宽窄随意变换的小河，从东向西，穿过马路，绕过楼房，串起微型的人工湖，便把完整的校园蜿蜒地分作南北两半。南部是教学楼和行政楼，北面多是宿舍、食堂等生活区。雨季的校园，走在湖边垂柳下的木质栈道，看着雾气蒙蒙的流水、石桥，颇有诗意。不幸的是，我毕业那年，一条南北快速公路从学校穿过，把完整的校园，硬生生地切成了东西两块。钢筋水泥的切割，万万不同于小桥流水的划分，本属一体的树林、池塘被马路无情地割裂，校园顿时便失了曾经的水乡味道。整个校园，北侧靠着名为"神山"的葱郁小山，西临一片不知名的湖水，东面是尚未开发的农田，只有南侧紧邻马路，所以学校的东门、西门或是东×门，通通都是朝南的，若有人初到，总要迷惑于这均朝南的东门、西门。

那年父亲陪我来学校报到，高考后我对他的逆反渐渐缓解，才愿意和父亲同行。我们从宿州乘火车出发，时间仓促，二叔帮我们只买到了凌晨的站票，虽是一夜未眠，却没有任何疲惫的记忆。只记得在那盛夏的尾声，一列破旧的绿皮火车，载着我和我的好奇，还有我对大学的期待，穿过黑夜，穿过城市，毫无倦意地向前驰骋着，终于在天将亮时，跨过了耳闻已久的长江大桥。第二日清晨，到达学校的第一眼，我便大吃一惊，未敢期待学校多么优雅，但这破旧的校门，竟比我们贫困县城的中学还要差，实在出乎了我的意料。幸好路上迎新的彩旗和穿梭的人流很快就转移了我的注意力，在热情的学兄学姐们的帮助下，顺利地完成了报到手续。当学长帮我铺好了床铺，动作利索地从自己的背包里掏出了衣架、小锁……瞬间我才明白，有一种铺垫叫你无法拒绝，有一种推销名叫关爱。

新生报到后，父亲和我就尝试着去找他曾经的小学老师——孙老师。孙老师既是父亲的小学老师,也是爷爷曾经的同事,半个世纪前,短暂地在一个小学工作过。孙老师凭着自己的奋斗,从小学一直教到了大学。当时孙老师早已退休在家,父亲并没有具体的地址、电话,很巧的是在教工宿舍区随便打听一下,第一个人便和他很熟,并积极地帮我们联系上了。在未来的几年大学生活里,孙老师和爱人乔老师给了我很多指导和帮助,并且每年我总会去他家蹭几次饭吃,那是在学校期间,难有的吃到撑的机会了。

　　父亲回家后,我揣着好奇和新鲜,正式地开始了我的大学时光。室友必然是大学生活最重要的组成了。我的室友们都是本省的,所以隔阂还不算很多,未来的四年时间里,也有相互间的磕磕碰碰,但真挚的青春却深深地刻在我们的生命里。当时我们还都取了宿舍昵称,简单介绍下我的室友们:"苹果",相貌俊秀、年龄最小,不少妹子对她主动示爱(当然他也一直没有闲着),热心、宽容使他成为宿舍关系凝聚点;"橘子",挂科、补考不足为奇,以致毕业时没有学位证,人够哥们儿、讲情义自然不用说,曾打架动刀动枪的,现在有了闺女,瞬间变成了可亲的慈父;"香蕉",我们给他起了外号"老流氓",事实上他一点都配不上这个称呼,人很老实,只是喜欢在床上打游戏、看小说,大学四年里都好像对女生兴趣不大的样子;"果冻",读书时没有恋爱,毕业后却是宿舍里第一个结婚的人,在校期间看着万分老实,事实上撩妹能力丝毫不差;"棒棒糖",宿舍曾经唯一的学生会干部,烟瘾不小,估计买烟钱是他生活费中最大的一笔支出了。甚至还有一次他不小心出门时烟头把自己的被子点着了，幸好管理员及时发现了浓烟，才避免一场火灾。我呢，"巧克力"，有人对我的评价是"奇特"，一个比古怪好听一点的尴尬评价吧。

宿舍的第一次集体活动，就是军训结束后的晚上，我们一群人在校园里乱逛，到处找美女学姐问路。好像要把高中时积累的对女生的向往全都释放出去，再也不需要因考试和复习压抑内心对异性的期待了。当然，学姐们对我们大一新人都很客气，积极地帮我们指引，热心的还会给我顺带一段或做点简单介绍。我们几个就不停地问着，到达后换一个地名继续下去，一群"傻子"玩得不亦乐乎。

接下来的上课、逃学、顶替、签到，我们与千千万万的大学生一样，快乐地演绎着各样各色的小插曲。当日子上了轨道，每个人都有自己的兴趣和喜欢的方式，渐渐地集体活动就屈指可数了，我记得只有大家一起去过滨江公园，不过那已经是大四的事情了，就算是我们最简便的毕业旅行吧。几个人游荡在长江边，看着滚滚江水，回味着过往，叹息着时光的消逝，也充满了对未来的期望，比起四年前，少了几分青涩，多了几分感伤。

我的大学生活可以简单地总结为"默默无闻"，成绩没有出类拔萃，没有拿过奖学金，也没有挂过科，偶尔逃逃课，却又没有肆意妄为，惩罚和我无关，奖励也和我无缘。我本身不善于与他人交往，游走于几个小团体边缘，很亲近的人不多，仅仅交往了周围亲密的几个。很多时候在没有必要的情况下，我更喜欢一个人活动，与他人结伴固然不觉得孤独，但在你等我、我等你之间，总会浪费了一个人的时间，相互迁就和耽搁，还不如一个人出门来得爽快。我的生活仿佛是隐身于校园中，就算辅导员也是大四那年才认识我，也不足为奇。孙辅导员我们私下亲切地叫她小黑妹，其实她相貌挺好，只是皮肤略黑。我们大一报道时，她刚踏入职场，我们离开时，她已为人母。

前两年的大学生活，是我大学里最开心的日子，用热情洋溢来形容一点不为过。一个女同学曾说，每次在校园看到我，都是一个人在奔跑着。那时不管我去哪里都是一路小跑，不仅是我的时间观念强，不想浪费了时间在路上，虽然我的表现并不突出，但对生活、对明天的热情，激励着我的奔跑。我积极参加各种比赛，尽管最好成绩只获得过三等奖；我参加各种协会，尽管没有当上一个领导；我积极学习计算机软件，尽管只是为了做一个简短的动画……

在学校里我最喜欢的地方，不是宿舍，不是图书馆，也不是小桥边，而是校园里东侧的一片未开发的空地。那块荒废的苗圃，是我得意时的乐园和失落时的陪伴。春夏之际，林里是满满的绿色，我常与熟悉的几个同学消失于这片植物的海洋。那里有发紫的桑葚，不知名的野果，青石砖铺成的林间小路，还可以去偷偷划一会儿停泊在水塘边不知属于谁的小渔船，都是我们极大的乐趣。

当然，我最主要的精力都被恋爱占据了，从苦苦的追求到热烈的相恋，两年时间我不是在约会就是在去约会的路上，与同学相处很少。那时在外租房流行成风，我们宿舍最高纪录是六人中有四个人不住宿舍，甚至我们曾三人同租在一家，时常回去小聚，也很是快乐。但日常的生活脱离了宿舍，与班级同学的交往越来越少，满脑子的爱情让我丝毫没有意识到与人交往的重要性。当我意识到朋友圈的重要时，大家的圈子基本固化了。

最开心的班级集体活动应该是大三的实习了，也算是提前的毕业旅行吧。两百多人的队伍浩浩荡荡地从芜湖向洛阳进发，上午坐汽车到合肥，晚上转火车前往，两百人的队伍占据了将近两节车厢，车厢里到处都是熟悉的聊天、打牌、下棋的吵闹，平日里火车上四周都是陌生的面孔突然都变做了你的同学，这种感觉真的很神奇。夜色渐渐深了，车厢里一点点地安静下来，学校没有舍得给我们买卧铺，大家在硬座上七倒八歪地趴着、躺着。年级里仅有的那十来位宝贵女生，她们有人已"赶"走了身边的男同学，独自霸占了整个硬座卧着了。我在迷迷糊糊的左摇右摆中好像听见有人在吵架，不知道发生了什么。突然我被身边的同学拉了起来，这时才发现一个车厢的人差不多都站了起来。然后听见班长对着两个不认识的人吼了几声，大概意思是你们想怎么样。两个很魁梧的青年瞬间就失了威风，完全没想到他们惊扰的竟是一整节车厢的人，便灰溜溜地离开了。我第一次感受到团结带来的巨大力量。后来得知，这两个人要让我们班躺在座位上的女生起来让位。座位本就是我们同学让出来的，不是他们的，被拒绝后他们还敢硬气，估计他们肯定也没有猜到一个小巧的女孩后面是一节火车厢的男人啊！

晚上终于到了洛阳，我们住的是中国第一拖拉机厂专门提供给来自全国各地机械专业学生实习用的宿舍。为期半个月的实习和我预期的还是有些出入，没想到竟然完全没有动手的机会，仅仅是在不同工艺的车间一个个地参观。我们的带队老师也不苛刻，有时下午早早地就结束了参观，让我们自由活动去。这个幽静的城市，古香古色和缓慢的生活节奏让人很容易就喜欢上了，马路两侧长满了高高的榕树，中间宽阔的隔离带挤着粗壮的枝干。走在路边你想抬头寻找阳光时，目光又会被远处驶来的无轨电车紧紧地抓住。

学校预留了完整的一天给我们活动，我们多数人选择了洛阳最出名的龙门石窟。虽然我不信佛，但山上漫山遍野的佛像、神龛确实让人惊叹。回程的那天上午，我一个人去了小浪底大坝，对这个我曾常在新闻和报纸上看到的名字，心里总有一份难舍的期待。大坝有武警驻守禁止参观，只能远远地观望这份宏伟，幸好下游的十分肥沃的保护区是开放的，在黄河底部的这些树木自然是郁郁葱葱。站在跨黄河的吊桥上，风吹得桥身晃晃悠悠，脚下就是奔涌的黄河，在峭壁间浑浊而狂野的河水给我带来了足够的震撼，在自然面前欣赏人工的伟大工程时，又顿感我们的微小。

虽然我们对学校安排的这次实习的食宿条件都怨声载道，如存在床上有虫子、被子湿等问题。但轻松的行程和难得的集体出行的快乐很快就驱散了那些不满的情绪，回头看时分明是一次难得的旅行。

随着大四的临近，我的大学生活也陷入了无尽的低谷，父亲病重，谈了三年的女友离开，考研担子压着，上帝好像要把四年的不幸都放在一起给我。我的思维常常陷入混乱，唯一能寻得片刻宁静的就是躲进网吧好好地看一部美国大片，短暂地忘记考研的压力、父亲日益加重的病情，还有时常梦到的初恋女友。还记得每次路过学校对面那条马路都充满了彷徨、自责、压抑和无奈，路的一侧是有罪恶感的逃避，另一侧是丧失斗志的孤独。

去年回母校探望，这次回校本计划着宿舍聚会，后来只来了两个室友。如今大家都在各自的轨道上奔波，舍友想要再次聚齐也是很难的。我没有埋怨谁不重视友情，只是遗憾了我们一起辛苦奋斗的四年，那些沉淀了的记忆，却没时间共同品尝。虽说生活中彼此只是过客，时光的浪潮不会停留，也许一些搁置在角落里的记忆微不足道，但却相互构成了难舍的纪念。

午饭后与老同学们告别，独自走在校园里，路过那些曾一次次踏过的角落，唯恐错过了哪段精美的记忆。经过的小路，我曾和女友无数次走过，路还在那里，人却永远走不回去，情渐渐地消散，心里有几分说不出的酸涩和感叹。走到自己宿舍外时，看到大门已经被铁链牢牢地拴住，因为是寒假，看不出是宿舍楼停用还是假期无人，也无心去追究清楚。庆幸的是宿舍门外的那两棵茂盛的桂花树尚在，本应更葱郁的枝叶，却被剪断了新芽嫩叶，修成了不规则的椭圆的球形，残断的枝条旁又露出了微小的新芽，正拼命地生长、生长，赶在下一波切割前，尽享风霜雨露。因为不是花季，并没有盛开的白色小花，但从那些茂密的枝头旁经过时，我仿佛还能嗅到曾经一遍遍走过时的味道。值得想念的依然很多，食堂的二元五角一荤两素套餐，地下超市琳琅满目的特色小店；难以忘记的八角楼教室，那是考研大军没有硝烟的战场。最后分别时，虽有不舍，但我更想早点离开了，纵使这种逃避改变不了任何一件事情的结果，我要快一点画上这个不完美的句号。离开学校那天阴蒙蒙的，我和苹果坐同一班火车，我们很早就起来收拾，重要的东西打包背着，不要紧的邮寄回家。我们和室友像以往寒暑假一样打了招呼就出门了，橘子送的我们。苹果和我一起拖着绑在丁字尺上的台式电脑。丁字尺就是一个T行的一米多长的大尺子，是机械类学生必不可少的工具。电脑快递不收，只好自己带着，抱着又太重，只好让它们再发挥最后一次作用吧。从宿舍门口拖到学校大门，一路上引来不少的回头，这大概是我这个隐身学生最多的一次回头率吧。毕业那次离校，当返程的火车慢慢地驶出站台时，低沉而有节奏的撞击声好像又把我带回了报到的那天。四年就这样过去了，最珍贵的季节在悄无声息中静静地走过了。告别了神山上的传说和山脚湖水里钓不完的小鱼，告别了镜湖岸边踏过的足迹，告别了我四年朝夕相伴的同学们，留下了我的回忆和未能兑现的承诺。

　　自己有些多愁善感，总会不经意间思念或惦记着些许人和事。哪怕是夜晚的梦，也会肆无忌惮地把曾经的人随机组合起来，开始一段无厘头的荒诞故事。人也许只有在深夜，才能真正敬畏生命，逃离白天的忙碌，才能静下心来品味时光的痕迹。我们奔波着，忙碌着，收获仿佛总赶不上时间从我们手中带走的幸福。时间过得飞快，一周、一个月、一年总在不经意间就翻过去了，想着赶紧工作、赶紧赚钱、赶紧回家，却不知道，我们赶得越紧，时间就跑得越快了。在和时间的赛跑中，我们永远是失败者吧。昨天的经历，已经固化在我们的生命中，成了永远抹不去也擦不掉的往事，那不正是我们的生命的本质么。

2015 年 3 月初稿，2017 年 2 月修改

初 恋

　　昨晚窗外一夜风雨，我沉醉于一场伤心却又舍不得醒来的长梦之中。梦里又再次见到了久久未曾联系的你。几个短暂的画面，便让我陷入对你无限的怀念。我舍不得从梦中醒来，不是因为醒来后你不在我身边，而是醒来后我就不会那么想你。尘世的生活、时间的打磨，不知不觉地，我已悄悄地把你埋藏在想念的最深层。也许只有在梦的世界，失去束缚的你，便会肆无忌惮地在我的脑海里长驱直入，然后又悄然离开。

　　我们总会遇到这样的遗憾，春雨骤停，太阳正舔舐着露珠，一切鼓足了生机，偏偏你的阳台上那盆小花，在阳光和雨露的殷勤之下，默默地低下了头，仿佛鼓足勇气去迎接即将来临的凋谢。

　　曾无数次提笔，想写点关于我和你在一起的那三年，只想纪念生活中很难再找到的那种热诚的记忆。如今，我已近而立之年，过往的青涩情韵渐渐远去，那些浪漫的、狂野的和忧愁的记忆，已不再是对她的思念，而是回望过去，一起走过的时光很好、很珍贵，怀念的只是那些流逝的青春。

刻意回忆大学生活时，恍然间才发现记忆里的光阴，八成都被她占据了。我们经历了很多波折，但还是没有来得及面对现实的考验，便被自己打败了，体无完肤。杉和我是高中复习班的同学，从认识到现在已经十年多了。说到十年，觉得这类词语更多地出现在爱情小说里，十年前的你，或是十年后的我……现在我的校园恋情竟也是十年前的事了。在复读班时，我和杉坐了一个月的同桌。杉是个自信、大方，也许有些孤傲的女生，每天踩着铃声大摇大摆地走进班里，饱满的胸部有节奏地跳跃着，时常引得后排男生唏嘘一片。我也常会偷偷地多看几眼，只是在复习班的做题、上课和考试的氛围里，不敢有任何分外的想法。后来杉转到隔壁班，想见到她一次很难了，只能是在食堂打饭时，偷偷地和她排在同一个窗口，然后假装碰巧遇到打个招呼："诶！你也喜欢吃这家的菜夹饼啊？"或者两个班级互改试卷时偷偷地把她的扣下，然后瞅机会屁颠儿屁颠儿地特意给她送过去。就这样，在依稀的爱慕中，结束了单纯而快节奏的复读生活。

高考完填报志愿，我很清楚自己的分数没啥好学校可挑，稀里糊涂地找了几个低分的学校，就把志愿表给交了。因为自己很失落，那时并没有心思去问她考了多少分，报的哪所大学。成绩出来后，我和预计得差不多,考取了一个三流学校。当大多数学校的录取结果都已经出来时,杉的通知却一直没有消息,隔两天她就要去网吧,查查有没有录取结果。有一天下午我陪她一起去网吧,当她看到弹框写着:"恭喜您被×××大学录取!"可能是脱离复习班的魔咒,让她太过兴奋了,杉转过身,竟开心地抱了我一下。她这一个短暂的拥抱,足足地让我回味了好几个星期。高中新生毕业时,也曾从身后拥抱过一个向往的女生拍照,但女生主动拥抱我,并且如此的突然,是我人生的第一次。当她丰满的胸口碰到我的肩膀,温暖的呼吸从我耳旁飘过时,我的脑袋是一片空白,除了兴奋就是快速上升的荷尔蒙激素了。当然,还有一个让人高兴的理由,她被录取的学校竟和我的学校在同一个城市,如此的巧合,大概就是后来命中躲不过的有缘无分吧。

那个暑假是各种轻松,变着法儿地想理由约她出来,有时我会去她家开的装潢店附近转悠,趁着她爸妈不在,偷偷地跑去店里和她待着。也许是做贼心虚,有那么两次我们正聊得投入时她妈妈回来了,我就顿时坐立不安,匆匆地叫声:"阿姨好……"便迅速地撤退。为了和她一起吃个早饭,我从城东关撅着屁股跑到北关,在她家附近等着。就这样打起了游击战,我也度过了中学时代最轻松的一个暑假。

进入大学,军训刚开始,我就期待它快点结束。在农村长大的我,并不怕累、怕热,只是我太着急去找我的杉。暑假在家有各种限制,现在终于自由了,你能想象的那种放飞前难以言表的迫切!

芜湖虽不大，但我们两个人的学校不在一个方向，杉的学校坐落在城北的郊区，是安徽师范大学很小的一个旧校区，大概沿着围墙一圈走下来不会超过二十分钟。我去找她，需要先乘33路或7路公交到市区，再换乘6路或88路，每次折腾下来至少需要一小时才能到达。当然这点辛苦算不上什么，每次公交快到站时，远远地看到她在站台等我，一个温暖的拥抱，疲惫自然就消失了。大一那年每周我都会去找她两三次，晚上总在不舍中踏上最后一班回来的公交。不记得多少次的来来回回，杉对我的依赖也在一天天地增长，终于在大一快结束的时候，杉成了我的正式女朋友。我们并没有正式的表白："你愿意做我女朋友吗？"答曰："我愿意。"只是慢慢地，她不再拒绝我走路拉着她的手，我吻她时也不再紧闭双唇。当然，拿下她这块"冷石头"我也花费了很大的力气。她生气时，我曾在宿舍楼下打着伞在雨里默默地站了近两小时；因为要给她惊喜，我在暑假花了两个月时间学 Flash 制作，只是为了做两分钟的动画当生日礼物；因为想和她在一起，我就不知疲惫地坐一小时公交去她的学校，陪她上晚自习，然后再独自归来……

在皖江学院的校园里，我们漫无目的地走着，从我勉强拉着她的手，到挽着她的腰，再到她依偎在我身边。三年的时间，我们一起踏遍了校园的每个角落。操场的草坪，我们总是一圈又一圈不知疲惫地走着；图书馆前的池塘，我们静静地坐着，数着盛开的荷花；教学楼的走廊里，我们开心地寻找着放电影的教室。

周末我们一起逛街吃饭，步行街的"阿香婆麻辣涮"是我们进城的首选，囊中羞涩，荤的不点，只要素菜，二十多块钱，两个人便可像模像样地在市区饱餐一顿；忘不了的，还有6路公交的始发站旁两个老人开的麻辣烫小摊，老夫妻手艺虽不算超群，但那股特殊的香，总让人回味；师范大学门口的韭菜饼，我们总买一个，然后一分为二每人一半，但离开小摊后就很快后悔："刚刚应该买两个的，一人吃半个，真的是太不过瘾了。"

说到步行街，时至今日，我都有一个小小的无法弥补的遗憾，在我们恋爱的三年时间里，没舍得去看一场电影。那时没有团购，也没优惠券，一张电影票的花费，可以在市区吃一顿饭了。我们每次路过步行街的电影院，总觉得以后有机会再来看吧。就这样，留到下次逛街，留到下个学期，直到分手、毕业，终究还是没有去看过一场电影！

在一起的日子吵吵闹闹总归是少不了，但从大三开始，我们的关系便走了下坡。那时，我渐渐地意识到，生活不仅需要爱情和浪漫，大学也应该有同学和朋友，还有知识。我把时间分配给同学和考研，在杉的视角里便是冷漠。我们见面的次数少了，争吵却更多了，女孩的公主梦没有醒来，我也未学会如何守护好自己的公主。一次次的争吵，一遍遍的伤害，一点点地吞噬着我们两年来一砖一瓦建造的爱情。杉在我的疏远中，开始更强烈地黏着我，表达着她的热爱，我也偏激地把这归为她的不可理喻。我们的争执越来越严重，甚至大打出手。一次，我们和高中老同学一起逛街。不记得什么原因，我们又吵了起来，然后暴脾气的她，双手抓着我的衣领，竟一把将我的衬衣的纽扣从第一粒撕掉到最后一粒。我也气过了头，一下子把她推倒在地……那段日子，我们渐渐疲惫于没有耐心的恋爱，我们总在上演着恼怒后的分手，然后彼此不舍中再次和好，再分开……直到我们又一次吵架后分手，我机缘巧合地认识了一个老乡的室友，我们逛街时，杉竟刚好从路过的公交车上看到。我想，当时她的心一定是碎了，一个高傲的公主，如何能接受自己被轻视。这种支离破碎，是后来我看到她与新男友成双出入时，我也亲身体会的伤痛。她若不是心碎了，碎到了丧失理智，又如何在那班公交上，便遇到了她的下一任男朋友。当我认识到自己彻底错了时，我天真地以为真诚的回首，还能换来她的动容。遗憾的是，感情总在你以为开玩笑的时候，它已经开始在新的土地落地生根。杉真的离开了我，离开得痛彻心扉。

  大四那年，每个周末杉都会到我的学校上考研辅导班，因为夹着老同学董在中间，我们多少还有些联系。有一次我帮她取遗落在教室的手机，忍不住，翻看了她的手机，看到她给新男友发的短信"老公……我想你……"我从未设想过，她会有一天和别人说出同样的话，多熟悉的称呼，多熟悉的语气……心伤到无法治愈。我默默地回忆着那些感动的瞬间：你为了让我留在学校过夜，因为我随口说了句你背我走多远我便不走了，你竟硬生生地真抱着我走了很远很远，累得你满脸通红；我记得，在市区同一个站台，我们等公交各自回校，你为了跟我回去，跑了一站的路，最后竟让你赶上了我坐的那趟公交；我还记得，在你的学校门口，每次送我离开时，你眼角闪烁的泪光，就算只隔两天就可以见面，你却那样地不舍。

留恋的牵绊，让我对她并未真的死心，我总幻想着，可以像三年前一样感动她，把她再次拉回我的身边。有一天，我去市区跑遍了我们以前经常逛的大街小巷，把她喜欢的小吃，全买齐了，我带着韭菜饼、豆沙糕……再次来到她的宿舍楼下。静静地在楼下等着，杉终于出现了，我怎么也没有想到的是，她竟视我如陌路擦肩而过。我的脑袋一时愣了，不明白就算不原谅我，又何须如此绝情。我转过身，看到了那个被老同学称为"×××男友"时，便出现了我这一生中最悲惨的镜头：自己手里提着跑遍市区给前女友买来的小吃，她却不屑一顾，投入另一个男人的怀抱。伤痛和愤恨在心里澎湃，却又无计可施，人家投入男友怀抱，并无不妥，和我一个外人更无半点关系。二姐正好下楼，拉着灰溜溜的我走开了。二姐是杉的室友，人很热情又是老乡。我在公交站等车时，杉竟又追过来送我，不知道她出于什么想法，竟还带着新交的男友。我没忍住这种羞辱，判断了形势，觉得我能打得过这个比我矮瘦的男人，但很不幸，我刚抬脚就被马路牙子给绊倒了，踢打纠缠了半天我没有占到半点便宜。灰头土脸的我，如同一只吃了败仗的狗，又被粪水浇了一遍，灰溜溜地离开。

从那次以后，我们很少再联系，我终于再无颜去挽留那已经彻底消逝的三年感情。她已经不再是我的杉，我也永远不可能找回来那个我要的人了。

前天夜里，许久未见的初恋女友突然打来电话。刚接通，我便听出她的几分醉意，说着过往，数落着我们一起犯过的傻和那些无知地互相伤害。她怨恨我当时真的会放弃她，这让一向好强的她，无地自容。她的伤悲不仅是失去我，更是失去了自信。而在我心里，除了为自己的不珍惜自责，也认为她不应该那么随便就恋上了一个不相干的人。说着说着，便发现我们仍然有着继续争执下去的分歧，但既不是情人，也不是亲人，却没有了瞬间原谅的理由。本欲怀念过往，渐渐地，变成了相互责备。倘若我们还在一起，大概依然会继续争吵、分手、复合，最终的结果我也不知道是否真的会比今天要好。

我们稀里糊涂地聊了一个多小时，我才知道，分别后的这些年，我铭记的那些过往，她早已忘记了。她不再记得自己曾经的狂热；不再记得我给她的一幕幕感动；不再记得我们去过的那些特色小店；不记得自己有过一条最漂亮的碎花红裙。我默默地以为，她会和我一样，把这些青春的纪念，收藏得好好的，存在无人能及的角落。原来对逝去的伤痛和浪漫，她已丢了，只有我一个人还记着。

我很欣慰，她失落时，还能想到我，我也似乎明白了，那句"不如不见的意义"。不能挽留的日子，不见，可以无限地想念，也可以抛弃在一边，不悲，不恋。若见了，默默地无言，也许以后联系的勇气都不再有了。

如今，这些都已经不再重要，不同的轨迹，不同的人生，回首之间，那些绚烂或遗憾只留下了些许残骸，我悄悄地把它们藏在角落，不封，也不抹，任时光带走，或撒下一点痕迹。下一次见面，也许依然如初："这么巧，你也在这里……"

图书馆

深秋的校园少了夏日的烦躁，多了几分宁静，泛黄的枝叶在风中轻轻地摇曳着，几片枯叶悄然飘摇，不急不躁，不温不火，静静地落地，躺在了斑驳的阳光里。一阵风吹来，落叶好像又燃起了第二次生命，腾空而起，跳出一段绚丽的舞姿，给萧瑟的秋，带来些灵动的活力。

回到南通生活，终于与家人团聚，实现了一个期待已久的愿望。工作是轮休，休息的时间常常不在周末，无人相约。闲暇时，我最喜欢去学校的图书馆，多年以来，我虽然成绩平平，但对图书馆的热爱从未间断，不管是期末的突击，还是捧起一本小说躲在无人的角落，我总觉得在这里才是最纯粹的阅读。

如今回到图书馆，看着这些隔了好几届的学弟学妹们，有的奋笔疾书，有的专心默记，也有的翻开一两本闲书，只为享受这惬意的美好时光。暖融融的秋日阳光隔着落地玻璃窗，洒进房间，照在整齐的书架上、课桌上，泛黄的书架上满满地叠放着或新或旧的藏书。书虫们来回穿梭，时而止步，时而翘首，翻开薄薄的一页，一扇通向世界的窗便悄然地打开了。千年的过往，未来的变换，人间的悲欢离合都凝聚在这浅浅的字里行间。

离开校园后才感受到这厚重的图书馆仿佛是一座堡垒，守护着求知的热诚，守护着阅读的乐趣，更屏隔开尘俗的叨扰。烦躁的心，在这里可以寻得片刻的宁静；紧张的神经，在这里才能找到让自己信服的要放下的理由；无人体贴的灵魂，在这里也能找到一个温暖的港湾。

作为一个普通人，我也不知道究竟应该读什么书，仅仅是凭着自己的个人喜爱来看。前几日，我无意中翻到一本张小娴的书，恍然中发现每个片段虽然只是区区的几百字，但总能让人带来些许回想和憧憬。我曾一度喜欢周国平的那些平实却孕育着人生理想的思考，现在这些小小的情思突然让我着迷。文字很是简洁，却都准确地戳中心里那块被有意或无意遮掩的角落，夹杂着淡淡的感伤，又沾着些浅浅的幸福，甚至很难区分文字给我带来的那些依稀可见的风景，究竟是逝去的昨天还是我模糊期待中的明天。

我们常常无暇阅读，借口没时间、没精力，内心却清楚，真实的原因是认为没必要。除了工具书和各种浓缩的指引等实用书，觉得闲暇的阅读变成了浪费。认为红尘三千，已将尘俗的生活千万次打磨，心灵鸡汤，励志故事，不再能满足我们的需求。对于深邃的思索，我们又沉不下繁杂的心绪，大概也是不愿意轻易触碰自我灵魂深处的角落。只能在不深不浅的中间境地，寻求一丝慰藉，更多的时光被毫无营养的新闻或电视剧充斥着。

有人觉得单纯的文字，远不如影视剧来得生动，何曾发现他人的生动正在一步一步地磨碎你的想象，钝化你思维的触角。在影视剧里，就算是经典巨著，视频展示的早已是导演们消化后的产物，作为偶尔的休闲娱乐是好的选择，若是每日把它作为心灵的主食，那灵魂的躯干一定会营养不良，面容憔悴了。

生命的厚重，固然不是短短的几行文字所能影响，但翻开一本好书，既是与灵魂的对话，也是驰骋于偏隅一角的沧海桑田的自由。

又是一年毕业季

　　闲来无事，一个人在南通大学的校园里漫无目的地游荡着，这里承载了我三年美好的青春，颁给了我硕士学位，并让我拥有了一段有始有终的恋情。三年时光留下的快乐和忧伤，早已如同尘埃，洒落在校园的每个角落。

　　我独自徘徊在熙熙攘攘的人流里，周围的一切好像都未曾改变，马路依旧，楼房依旧，就连路边的杨树也依旧细瘦，撑不起多少阴凉。眼前的人流却是如此的陌生，心中涌出几分莫名的孤单。毕业后这几年，大概我是回校最频繁的毕业生了，校园那些不断更新的细小变迁，或许都被时间吸收了，我甚至难以发觉。

　　当我路过图书馆的大门时，一群同学正穿着学位服在摆各种姿势拍照，自己心里突然一惊，竟又到了毕业的季节了。学生们一边闹腾着，一边变着花样兴奋地摆拍，有紧随时尚露出一排大长腿的，也有遵循传统列队齐抛学士帽的，脸上都流露着满满的兴奋和喜悦。我羡慕他们收获的兴奋，羡慕他们依依惜别的真挚，羡慕他们对新征程的渴望。对于我的羡慕，他们一无所知，眼下亦然是最快乐的时光了。他们将拥抱着青春，带着生涩，踏上更广阔的社会，开拓新的疆土。想想自己，在不知不觉间，竟已毕业四年了。四年，正好又是读一个大学的时间。只是回头再看这工作的四年，突然觉得生活好像是跳跃而过，上班、下班都没有意外，也没有惊喜。一个人吃饭，一个人睡觉，曾期待的逍遥自在，却变成了眼前的困扰。在深圳的日子，生活便在一个假期的结束和下个归程的期盼中消逝。人在他乡，没有痛恨什么，只是也无多少留恋。也许眼下的这些想法，只因归期还未真的到来，设身处地去幻想，必定不同于亲身经历的感触吧。

　　走过图书馆旁边的小桥，那片草地曾被踏出一条光秃秃的土路，现已铺上了间隔排列的青石板。这真是，地上本没有路，走的人多了，才会有人来修这条路。我还未踏上石板路，便发现前面的草坪盛开着很多粉的、紫的不知名的小花，它们无序地散布在小路的两侧，错落的青石板穿过矮矮的花丛，在草坪上向远处延伸。这些可人的小花，沉醉在这惜别的校园里，好像也多了几分忧愁，羞涩地在微风中你躲、我闪地跳动着。上午我也数次从草坪另一侧的大路经过，竟未曾发现这番美景。我忍不住拿出手机，趁着夕阳，拍下这错落的节奏，想用镜头永远留下图书馆的侧影，还有那青石板、乱花丛、小石桥……只可惜再好的相机、再高的像素，也留不住傍晚的微风，留不住似有似无的野花香。

四年前我告别了安工科，迎来了在南通大学的生活，只是心中不再有那么多的期待和向往，只要稳稳地毕业就好。调剂选择南通大学的理由也很简单，离家不算太远，且不要学费。

说到研究生，我很感激我的导师张兴国老师，也要感谢我入学时舍友三胖子给我的极力推荐。我很荣幸地成了他的第一个硕士生，张老师人很随和，对我的要求并不是很严，可以说是用自由发展的态度来指导。当然，我也很喜欢自由的方式，只是我没有利用好这些空间和机会，三年也就写了个粗枝大叶的毕业论文，在其他科研上没有什么可圈可点之处。实事求是地讲，读研以前我对项目、专利、期刊发文等科研名词充满了敬意和期待，但读研后，在慢慢接触中才发现事实和我想的还是颇有差距。我们经常说"得曲线者，得天下"，科研有时不得不把简单的搞复杂了才有成绩，在此我也不便多啰唆了。

说到南通大学三年里印象最深的事，就是凌晨爬山的活动了。研二的一天晚上，在宿舍聊天快到凌晨时，忘记谁说到约女生爬山的话题，我就随口提议："我们晚上去爬狼山，怎么样？"宿舍的三胖子兴奋地叫道："走啊，谁怕谁！"不过说话间他已经爬到床上了。起哄的活自然是少不了我的老乡小磊了，他被大家尊称为"磊爷"，个子不高但绝对活力十足，走路左摇右晃甚有气势。小磊叫嚣着"走啊！谁不走谁是……"我也来了兴致，就问一言没发的润总:"敢不敢去啊?"润总是我们的班长,我们一般也叫他靓仔,有时也叫他大润发等,怎么会有这么多别称,我已经不记得了。"你们走我就走啊!"润总也没有让人失望,积极地响应了。我们很快统一了意见,竟然真的相互催促着都下了床,准备翻墙出去爬山。

  凌晨的时间想要出校园,首先就要翻过宿舍区的栅栏。我和小磊为了走近路,经常在大门开着时也会翻栅栏过来,三胖子经过努力也能顺利地翻越。靓仔翻墙的动作真的让人笑得眼泪都要出来了:他好不容易跳起双手扒在了栅栏的上边缘,但胳膊力量不足以拉起身躯,就只能在那挂着,腿在下面的栅栏上不停地乱蹬、乱踢也踩不到能使得上力的支点——活活的就像一个被人拽着上肢的青蛙在那踢踏着,又舍不得立马放手。经过几个回合,在我们都快笑趴下的时候,他才搬了个自行车在栅栏下踩着,费九牛二虎之力总算是顺利过来了。

  狼山算是南通的著名景点了,距离学校四五公里。传说狼山被一只白狼精占据,唐朝高僧僧伽与白狼精斗法,以一袭袈裟遮遍全山降伏恶狼,白狼只得让出此山。从此这里香火兴起,成为佛教乐土。我们走了近一个小时,终于在子夜一点多到了山脚下。凌晨的狼山没有流水一样的真真假假的香客,更没有游乐场的拥挤喧闹,觉得这个时候才有那么一丝佛光、灵气的感觉。

  沿着山脚我们绕了大半圈,还错翻进了一个小厂房的院子,被不知哪里的狗叫,吓得连滚带爬地翻了出来。终于决定从后门的院墙上翻过去,这样至少不会偏离了上山的路。拖后腿的自然还是润总,墙上的拽,地上的推,终于把他搞了进去。只是可怜了那些瓦片,随着他从墙上滑下去被带落得稀里哗啦。

我们一行人到达山顶已经是凌晨三点多,看着宁静的城市,大口地呼吸深夜清凉的空气,大家好像都丝毫没有困意。我们在山顶轻声窃语,唯恐惊醒了山顶庙宇里的大师们,当时还没有微信,只有不停地刷 QQ 状态来表达我们心中的登顶舒畅了。

这种凌晨登山活动,我们又去军山搞了一次。只是这次胆太大,没有做任何观察,就随便找了个门开始翻越,结果小磊和润总刚进去就被穿着裤衩的保安抓个正着。最有意思的是三胖子,人还爬在门的栅栏上就被一个穿着裤衩的保安死死地抱住大腿不放。我们几个最终被批评教育和罚款五十元钱。凌晨登山的系列活动就此终结了。如今,每次想到三胖子在墙上被拽住的场面都还要乐上一会儿。

毕业的季节里校园总充满着分别的伤感。说到离别,同学、师生的情谊是带着几分君子之交的豪情,幸福地挥泪告别,纵使号啕大哭内心依然清醒;恋人的离别,是伤筋动骨的割舍,是大哭一场后,依旧走不出的失魂落魄,是踏上远途也无法摆脱的隐隐作痛;还有一种离别,悄无声息,只是一句叹息"我们毕业了!"便是最后的告别,别过青涩,别过狂妄,别过母校的一草一木,别过年少时光路过一草一木的我们!

自我的告别悄无声息又隐隐作痛,和往日的告别是一场灵魂的割舍,既不是豪情万丈,也不是泪流满面,你只能眼睁睁地看着它流血,恢复,结节成茧。有的人毫无知觉,只在漠然回首时,才发觉自己的心不再敞开，却记不得心何时变得迟钝。这种割舍，也许是成长必经的磨难，是化蝶的破茧之路，只是彩蝶虽美，却亦然无蛹的纯粹了。

　　走在热闹的人流里，看着同学们来回地穿梭，我觉得这曾经属于我们的校园，已经被这些年轻的学弟、学妹们完全占领了。而在他们的眼神中，我却清楚地看到，自己才是侵入他们校园的外人，是没有被邀请就到来的莫名访客。仔细想想，确是如此。就算校园是我们共同的母校，但此时此刻，学校早已和我无关，我也不再属于校园。母校承载了太多的思念，有喜有悲，有哀有愁，有得意的狂妄，有失落的迷茫。也许母校早已记不清，那条穿过树林的鹅卵石小路，见证了多少初吻的甜蜜，又有多少默默地等待；走廊尽头那间阶梯教室，是多少人的枯燥课堂，又是多少真挚友情的开端。不禁想到，一位书记的毕业致辞所说"……我们都将老去，母校永远年轻！"

2017 年 6 月

相遇特区

一、机缘巧合

对于深圳，我所了解的仅有在中学课本上学过的是我国改革开放的最前沿，从没有想过自己会在这座城市工作或生活。关于检验检疫，在加入队伍前我也未曾听过，更不知道工作内容。只是在三年前的国考时我随意选了岗位，竟幸运地通过，便懵懵懂懂地来到神秘特区，踏入这段曾不在规划范围的人生旅程，留下了一段难得的青春记忆。

改革开放四十年，深圳的整体经济得到了巨大的发展。站在罗湖的街道上，放眼望去是满满的酒店、桑拿，只是我碍于经济水平，还舍不得光顾那些耀眼的酒楼。但大农村的影子偶尔仍会闪现，一条高楼林立的繁闹街道，也许背面就是一片杂乱无序的村落。这些当地村民自建的住宅楼，也被称作"农民房"，它们可能夹杂在任何繁华的角落。自建房不是自住的小洋楼或别墅，而是六层至十层的小高层。这些"农民房"建在自己的宅基地上，宅基地相互紧挨着的，大家你建你的，我造我的，建起的楼房毫无章法。这些高楼林立的村庄，除了主干道勉强能进出车辆外，分支小路常常仅能行人通过，有些相邻的楼房间距甚至不足一米，完全是开了窗户就可以伸手拿到别人家的东西。这种紧密的布局，窗外的阳光就不要幻想了，只是它不到商品房一半价格的租金，使得这些条件恶劣、脏乱阴暗的街道，成为中下层收入者首选的住宅，提供给很多来深圳寻梦之人一个栖息之所。

　　转眼间两年过去了，现在想想面试的情形，一切都还是那么真切。记得面试那天阳光很好，我西装革履地收拾好后，早早地从宾馆出发，深圳的盛夏没有想象中的燥热。前一天晚上意料之中的失眠，也没有影响第二天亢奋的神经。离快捷宾馆不远，翻过一座天桥步行不到十分钟，就到了检验检疫局门口，看到了很多意气风发的男男女女，不用想这些都是今天考场上的对手。实力也好运气也罢，凡是到了面试环节大家都是幸运儿。这场没有硝烟的战场，没有人愿意怠慢，都在努力把握任何可能的成功细节。在大厅的候考区战争就已经悄悄地展开。候考区座位分岗位排列，竞争同一个岗位的三人相邻而坐，此时可以说不存在共赢，绝对的是你死我亡的战争。漫长的等待，看似轻松的聊天也许暗藏杀机。与我相隔一个座位的考生，坐下没多会儿，就开始夸夸其谈自己的培训班有多牛，费用多高，老师关系多厉害……好在我的辅导班老师也说过，从心理上不能输给对手，这些人多是虚张声势，希望借此瓦解别人的气势而已。

在候考区焦急等待了两个多小时后，终于听到自己的名字，心微微地一震，不过这还不是进考场，是要到楼上的准备区再等几分钟。准备室内的氛围和楼下大厅的等待区完全不同，考生们都坐着一言不发，默默地看着墙上的钟表"滴答、滴答"地走着，没人再侃侃而谈，大家的表情介于严肃和呆滞之间。对于我们之中的很多人而言，接下来的几分钟也许就决定一生的轨迹，虽然当时都是以志在必得的气势向前冲刺。

十分钟的等待，我从未觉得如此漫长，脑袋里一遍遍地重复着辅导老师教的进场的注意事项、答题要点。再次听到我名字的时候，我准备已久的自我平复的方法全都不翼而飞，只剩下狂跳不止的心脏。这些在近两个月时间里，无数次演练过的套路"敲门、鞠躬、报姓名……"进门的那一刻什么也想不到了。木讷地坐在了那张"神圣"的折叠椅上，手抖得不行，紧紧地抓着笔，偷偷地用飘忽的眼神看着一排严肃的考官。主考官读完题，竟然所有考官都认真地盯着我看，这让我大吃一惊，辅导班老师曾说，考官早已听腻了，没人会真的去听。眼前的情形，考官炯炯有神的眼神里毫无疲惫之意，和预计的完全不同。我不记得回答了什么，只记得回答完一题，主考官读下一题时深深皱起的眉头，让我更紧张万分。八分钟的答题时间，我硬着头皮仿佛过了一个世纪。

　　终于结束了煎熬的面试，剩下的就是静静等待了。第二日清晨，我早早地出了门，漫无目地的在深圳的大街小巷闲逛，对一切充满了好奇，路过的每一栋高楼都刺激着我的想象，曾经的小渔村是怎样一步一步生长出这些林立的高楼，特区的三十年究竟又有多么翻天覆地的变换。从会展中心逛出来，时间已到了中午，外表假装得再淡定，心却开始不安起来，"二点、三点……"时间一分分地过去了，希望在一点点地破灭，按照面试结束后的通知，录取结果会在今天下午产生，眼看着距离下班时间越来越近，那点残余的希望也将要燃烧殆尽。作为备用计划，昨天已经订好下午6点的返程火车，落榜就早早地回家，有幸胜出的话，那自然是大喜事，情愿作废一张值得纪念的火车票。看着时间一分一秒得到了5点，在无奈中我踏上了去往火车站的公交。一路上我盯着手机，时间一秒一秒地走着，手机像死了一样，一直到我登上火车，都静静地一言不发。火车在低沉的轰鸣中悄悄地驶出了深圳，我躺在火车的卧铺上，勾着头，看着窗外连绵的山坡，浓密的绿色像厚厚的毛毯铺得漫山遍野，火车不时地穿过一些或长或短的隧道，如同时光隧道把我带回这次国考前。自认为无望了，突然觉得一阵轻松，给母亲打了电话，告诉她我今晚就回了。母亲安慰我："本来这就是巧合，机会还有……回来当老师也很好……"

　　经过两个小时的行驶，火车停靠惠州站，手机响了起来，我想一定是母亲打来安慰我的吧，懒懒的从背包里拿出手机。当我看到深圳的座机号码时,脑袋一阵眩晕,一定是通知的电话,我面试过了!我考上啦!脑袋瞬间被各种兴奋围绕着激动不已,不断响着的手机铃声提醒了我,赶紧平复心情接电话。

电话那头的声音很礼貌"请问是……"

"恩,我是。"此时我心里的激动已经开始泛滥到肢体了。

"这里是……综合面试和笔试成绩你被录取了,请明天到……体检……"平静而清晰地通知完体检信息,便挂了电话。

我也不知道自己究竟听清了没有,一个劲儿地说:"嗯嗯,好的,谢谢,十分感谢……"我有些语无伦次,挂完电话,第一反应就是赶紧回去。此时火车仍停在惠州站,上车已经结束,站台已空无一人,我没有时间收拾和思考,胡乱地将东西往背包一塞,抱着衣服和包就向下冲,差点连着卧铺的床单一块卷走。赶到车门时,乘务员叫住了我,要换回卧铺的牌,我上下口袋狂翻一通,恨不得把衣服脱给她,终于找到卧铺牌,第一时间挤下了火车。站台上冷冷清清,几个工作人员来回地晃荡。我正在一筹莫展时,看到对面站台一趟福州—深圳的火车正在上客。顾不得其他,激动地跑着穿过了地下过道,赶到车门口时,紧张得有些结巴地对乘务员说:"我要回深圳,我要参加明天的公务员体检,我要上车……"好心的乘务员爽快地让我上车补票,顿时觉得她是最美的列车员了。

在回去的火车上,我抱着棉袄,手里拎着背包,站在过道给家人、朋友打电话,汇报来之不易的好消息。晚上回到深圳,我仍住前两天的那家快捷酒店,甚是有点我"胡汉三"又杀回来的感觉。

二、平凡日子

入职报道，我和同一批的另外两个小伙伴分到宝安区。这里曾是中国最大的小家电生产基地，我所在的机电科是服务于上千家小企业的大科室。当时我们住在罗湖，每天从罗湖区到宝安区上班，从深圳的最东面赶到大西北，路上来回要将近三个小时，如果再遇到下雨堵车，那就更不好计算了，每天到达单位都累得不行。下班回来，我们三人常一起在大街上晃悠，思考晚上到底吃什么。入职的兴奋渐渐退去，剩下的就是面对生活的具体困难了，我们自己做过饭，只是口味不一，手艺不精，很快购置的厨具也就荒了。没事的时候，约上同一批小伙伴打打牌，大家这个"局"那个"处"的相互喊得不亦乐乎。

不管怎么说，刚刚加入组织的我，正开始以饱满的热情跟老同志学习业务呢。入职的第二周，就迎来了检验业务的大改革，国家促进出口，减少企业负担，取消大部分小家电的报检。属地部门的人手由紧张变得充足，我和新来的小伙伴们还没有来得及搞熟业务，便调到了新的岗位，到了深圳机场的国际旅检科。深圳的新机场很大气上档次，但也有诸多被吐槽的缺点。机场布局成条状，较远的机位距离入口大概有五公里，是一段不近的奔波；偌大的机场，就一条出租车进入的车道，无论何时打车都是一条长长的队伍。而久等的出租车，若是带了个起步价的乘客，难免会大失所望，时常会有拒载或和管理员摩擦的事件发生。

空港旅检业务有很多岗位，我们经常被笼统地称为海关。在此简单介绍下我们的工作，主要有：旅客体温检测，通过红外遥感设备初步筛查进出境人员的体温情况，筛查出有发热症状人员，为可能存在的传染病风险提供必要的信息支持；携带物查验，就是联网海关的X光机，查看包裹中是否有生鲜、肉奶、瓜果植物等禁止入境物品；还有对飞机卫生等状况的检疫查验，这个岗位至少倒是可以多和高冷的空姐们打点交道。稍微点评下，中国的空姐高大丰满，韩国的空姐皮肤好，台湾的空姐有礼貌但年纪最大，马来西亚的空姐身材最好。当然也有一些糗事，一次去接韩国飞来的航班，本想展示一下很久没有用的英语，我冲了上去，对着一个身材高挑的空姐说起了英语，结果对方隐然一笑："我是中国人！"我顿时无语。在空港还有幸见过一次"小燕子"，虽然我从不追星，但第一次当面见到真实的明星还是很开心的。从深圳入境转飞，兄弟单位的小哥核实好证件后让我帮他们拍了个合照，"小燕子"欣然同意。我也凑热闹和她合照了一张，她灵气十足的女儿也跑了过来一起拍了。

空港的同事很直率，每个人的个性都写在脸上，上班的氛围轻松快乐，最多也就是有的年长的同事积极性不太高。龚科长人很好，不过别人叫他姓都是第三声，想必这么多年他也懒得纠正了。副科长客观地说是我眼里的完美女性了，热情、温柔，工作认真但不刻板。老郑是最有个性的人，上班一整天不超过三句话，刚到科里我还以为他对我有意见呢。后来才知道他只是不喜欢说话，对谁都爱理不理的。唯一的例外是退休的陈主任请客吃饭，酒后他意犹未尽主动带我和万万、旭哥再去继续战斗，虽然终未去成，但看得出老郑也是性情中人。

没过多久，我又迎来了新的岗位，离开了空港，调到了保税园区。虽说公务员应该是螺丝钉，拧在哪里就在哪里，但换了一个新环境总会伴随着几分不舍得。新科室单独进驻保税区，在科长的带领下我们五人小团体经常自己煮饭。主厨是辛勤的科长，我毫不犹豫地加入了洗碗的队伍。只是常常煲汤、吃粥，我后来还是觉得食堂更适合我，必定同事们有丰盛的晚餐等着，中午是我的正餐呢。一年后我们换了领导，来了重养生和修身的新科长，科室便缺少了"厨师"，大家再次统一回归了食堂。日子就这样在没有起落的朝九晚五中，一过就是三年。这三年我最大的收获莫过于经过两次失败后终于通过了国家法律从业资格考试，眼下也许没有多少实际的用处，只是因为我想实现这么一个愿望。当然，在此也要感谢保税区的两任科长和同事们一直以来的鼓励与支持。平日里下班后，我早早地回到宿舍，把电脑开着，播放一个熟悉的电视剧，当作生活的背景音。有一段时间我每天都会放《何以笙箫默》，估计至少看了五遍。故事情节其实也很普通，一对恋人因为客观原因和误会而别离，七年后重逢，经历苦难，男生依然因为爱，包容了女孩的一切，从此过上了幸福美满的生活。不断重复播放这些电视剧，主要是给房间多添一点背景，增加点人的气息。有电视的声响在，我做其他的事情时才会觉得不寂寞，反而觉得踏实。我平日里很少看此类的言情局，大概是当时困扰于自己与邱的处境，自从看了一遍，就深深不能自拔！甚至特意找来原作小说，仔细地读了两遍，我也不知道自己究竟想从作者那里找到什么，大概是寻找到了一种共鸣和希望吧！

在深圳工作，如果说我对自己和邱的将来没有动摇那是假的。但仍未舍得放弃，必定让一个陌生人，从一无所知到对你深深依赖需要太多的精力和心情来一步步地孕育。

这两年的时间里，我回去得很频繁，看似两个小时的航程，每次都要折腾七八个小时。为了节省时间，我常在周五下午回家，这样不管夜里到达有多晚，我也能节约出第二日的一整个白天。为了节省机票，我常飞上海转汽车，如此折腾一下可以节省三百多块，偶尔也有失误的时候，记得去年春节我回去的飞机晚点四个多小时，到了上海已经将近凌晨了。回家的班车肯定是没有了，不得不在上海住一夜，从偏僻的浦东机场打车加住宿花了四百块，算下来比直达的还贵，更重要的是浪费了一个夜晚。

在深圳的生活我极其的自由，是我曾一度最渴望的自由，然而，时间久了人反想要一些羁绊了。有个人等你，或者你要等某个人，好像也变成了一种幸福。有时候，我感到一丝孤独，自己也不会轻易承认。休息的时间我常常一个人躺在家里看电视，而这些都是我曾经极力避免的浪费时间、浪费生命的事情。我在内心里都把自己标榜得很充实，从不和别人感叹无聊。无聊的人生不是我追求的，也是生活中自己难以接受的。

对特区的兴奋一天天消退，看似光鲜的公务员、人们眼中的铁饭碗，也只是街头吃快餐、没钱逛商场的无名小卒。生活的脚步从来都不会停止，朝九晚五的生活更是过得飞快，幸好同事们的关系很简单，并没有别人告诫的那些复杂而错乱的交织，做好工作，善待他人，便是我在特区的行动指南了。

2016 年 11 月

拥　抱

在机场检验检疫上班已有两个月了,在空港里有个岗位是出境旅客体温的体温检测,主要是看着红外体温检测仪。盯着显示屏里穿梭的人流,观察着送别的人,猜猜他们的关系,时常在不知不觉中思绪早已飘向远方。拥抱是最常见的告别,亲人、同学或是朋友,都将一切祝福简化为一个拥抱,让即将远行者最后聆听自己的心跳,用心声告诉他们一路顺风。

人群里的拥抱,有不舍的恋人,享受最后的甜美;有踏上远行的游子,父母没完没了地嘱咐着,平日羞于表达的父亲也会给儿子一个紧紧的拥抱;也有同学朋友离别,犹如电影《中国合伙人》中那样悠远的相拥。远行的人们仍不断地从我身边经过。他们交织起来的关爱,有浓、淡、酸、甜,才有了拥抱的那个瞬间心跳。

有一次，一对恋人在我的查验台前方二十米处就开始两步一个拥抱，三步一个亲吻了。未到停止线时，他们正巧站在检疫监控的摄像头下接吻。我犹豫了一下，最终没去破坏这个时刻……只是我引导其他旅客时，还是惊扰了他们，女孩一个微笑，擦肩而过。不禁让我想到自己和女友恋爱两年多，在我的记忆里，别说众人前的热吻了，就连拥抱，甚至都没有主动过。人大概总是贪心的，既要长情厮守，又要似火地的热情。我理解她的性格，虽知道，她是不善于表达，但依然会有那么一丝关于爱情的感叹。

想想自己的生活，多年来遗失的拥抱也远不止如此，有些亏欠只能永远地遗憾下去。父亲生病的那两年时间，我不断地往来于学校和家，我知道每一次的离开也许就是少一次的相见。从家去学校时父亲都会把我送到镇上等车，直到我最后一次离开时他已经很难行走才只是默默地将我送到村口。那么多次的相聚和离别我竟然没有拥抱过他一次。哪怕一个挥手，我也没有印象做过。我只是知道，我远行的步伐肯定是消失在他的目光里，也许到现在我也还是无法体会当时他的感受，我只能去猜测那种不舍得究竟有多深。我只知道我欠父亲一个永远无法弥补的拥抱。

在记忆里追寻了一番，同样也是没有和母亲或妹妹拥抱过的记忆。唯一能想到的就是我大学毕业前的那一年，妈妈带着妹妹到芜湖去玩了两天，走的那天我送他们赶火车时，在人流涌动的站台上我拉着妹妹的手向前跑着。妹妹小我四岁，只有小学我们才有两年的时间同时上学、放学，从初中毕业后我们一直都是我高中她初中，我大学她高中，我读研时她开始读大学。那次也是我记忆里小学毕业后唯一的一次拉着她一起走了。那时才突然意识到妹妹已经长大了。

中国人羞于表达，虽然我们最重视亲人朋友的感情，但这种流露又是如此的欠缺。感激，我们长存于心；喜爱，我们默默奉献；不舍，我们挥手告别。静默的感情固然是伟大的，但缺失的表达会留下长久的遗憾。

"请问，去向……的航班是从这……"陷入呆滞的我，突然被一个陌生的声音打破了，突然意识到自己又走神了。

"是的，请往前走……"我回了回神。

"谢谢……"

一切云游又得回复到眼前。值得高兴的是我的这一个钟头终于坚持过去了，还有几分钟就轮到换班了。在书上看到别人的类似故事，我们涌起短暂的叹息，而当自己陷入这种情思中，却只有不断地用理性驱赶着内心的向往，才能从那些模糊却纯真的思念中走出。

雷暴雨

雨季来临时,深圳一天下十场雨不足为奇,东边日出西边雨也是时常能碰到的美景。只是这里的雨多数没有雷鸣电闪,就少了几分北方雷雨的狂野气息。

今天下午出去查货,刚走出楼梯时头顶还是喷火的大太阳,我们走到两百米外的查验台时,乌云就彻底包围了最后几缕阳光。一阵凉风吹来,水泥地散发的热浪立刻消减了很多,还没来得及享受这难得的凉爽,雨就"稀里哗啦"地下了起来。雨点越来越密,风也变得十分狂躁,雨水早已不是规矩地坠落,开始肆无忌惮地横冲直撞。虽然查验台是个有顶的建筑,但仅一侧有墙,其余三面的镂空给狂妄的风和雨足够的空间来占领这里。我紧靠后侧的墙壁站着,衣服依然被打湿了些许,但这雨没有给我带来一丝的不快,我甚至被这突如其来的暴风雨感染得有些莫名的兴奋。平日上班多是些重复而单调的工作，觉得许久没有什么让我兴奋的事了。

狂风卷起的雨雾早已侵吞了停在园区内的几排集装箱货车，雨水不断地拍打着货车的车窗、车顶。这些铁甲钢甲在如此躁动的对手面前，也丝毫没有怯意，依然有序地在暴风雨中前进着。雨滴不顾一切地冲向车顶和水泥地面，丝毫无畏于撞击后的支离破碎。在这钢筋水泥构建的城市里，突如其来的暴雨却没能驱赶一只鸟儿到屋檐下避雨。那些四处溅落的破碎的雨滴，渐渐地又汇聚成新的支流，从屋檐上，从集装箱的边角处，从楼顶延伸下来的排水孔，不断地向一起汇聚着，又将集合成一股新的强大力量。而当我顺着水流看到不远处的几个排污口时，突然觉得有些伤感，刚刚还气势磅礴饱含着热烈的暴风雨，转瞬间就要化作下水道中污臭的黑水，在黑暗下无奈地默然离开，却不知道要流向何方。也许是海洋，也许只是一池脏乱的洼地。雨本是大自然生命的灵魂，现在不得不被限制在狭隘的管道内，行动被限制得毫无自由，残喘地向前游荡。此时，它不能如同在荒漠和原野，从自然的形态来，肆无忌惮地流回自然的怀抱。但我相信，不管经历了多久的波折，只要有自然的循环，这些可爱的雨滴很快就有机会再次腾空入云霄，来一次毫无畏惧的俯冲。

站在楼下的角落等待着，看着眼前的暴雨，我不自觉地想到小时候，午后家乡的夏天也时常会突然刮来一阵乌云，接着远方传来的"轰隆隆"雷声，就意味着即将开始一场来去匆匆的雷雨。阿猫、阿狗只要是没被拴着的，早已各自找了个惬意的躲雨地方蹲着，农村人喜爱的小燕子也在趁着暴雨前飞舞。忙着带回一顿美美地晚餐。雨停之后，就是我和小伙伴们的世界了，我们各自扛着形状各异的渔网迫不及待地出发了。村子前后的池塘在夏日的暴雨里很容易就被灌满了，流水夹杂着小鱼、小虾从池塘的拐角向更低洼的河沟流出。小伙伴们有的把渔网支在流动的水中守株待兔，也有拿着小网沿着水流见机而行或乱捞一通。下很大的暴雨时，田地里就变成了一片片白汪汪的水面，当水退去后，这些地里也就顺理成章地变成了捉鱼的第二战场。小伙伴们不管用什么工具，多少都会有些收获，回家带着战利品，虽不一定能美美地饱餐一顿，但尝个鲜、解点馋也让人兴奋不已。

　　同事取来伞时，暴雨好像下得更大了，密集的雨滴毫不留情地打在伞上、衣服上，狂野的雨水就像一个孤独的舞者，没有观众，也没有掌声，却依然在舞出自己的灵魂。

深夜的争吵

忧伤时，会习惯性地第一个想到远方的她，只愿意让她抚摸心灵最柔软的深处。

快乐时，迫不及待地拨通她的号码，给她带去一个没有唾液只有声响的爱吻。哪怕快乐分享后会减少，她依然是你最愿意分享的人。

思念，成了最无助的煎熬，再多的甜言蜜语，再让人感动的海誓山盟……都无法取代一个大大的温暖拥抱。

难以忘却的美好昨天，支撑着明天幸福的承诺，在距离的诱惑下相爱承受着思念的痛苦，通过品味昨天那些共同的快乐、忧伤、浪漫、朴实，来温存千里之外另一片蓝天下对方的心跳。

日子越来越久，彼此的思念渐渐地变成了一种情侣的责任，而得不到及时回复的短信、电话，也不再让你的等待有一丝焦虑，因为知道他不会再突然出现在你的门前。

日子从来没有停下的迹象，一次次忧伤和快乐的分享，都在不断地提醒：她并不在你身旁。

有一天你会突然发现，你已经整整一天忘记了和她联系。

虽然你知道晚上她的电话会如约而至，你不想去承认的是共同的话题就像共同的朋友一样越来越少、越来越远。

也许不管你们说着什么，只要她还在电话那头而人就在你的心里，只是心里承载的那个人渐渐失去了灵魂。

你不知道怎么样证明，你们彼此是否真的相爱，哪怕聊天的态度和逻辑都日益成为你们争执的焦点。

争论中，你知道你们还是会有那么多的话说不完，你明白她还是那么的固执、苛刻，性格丝毫没有改变；争吵后，你才发现她依然会把你气得大哭，只是你不能再轻轻地打她几拳头，捏她几下；争吵过后，总会很快回归平静，也许你们自己都没有意识到，争论的不是道理，赢得的也不是胜利，而是证明给自己的她的心依然在你身边。默默期待生活的平行线早日出现一个解不开的焦点。

2016 年 3 月 22 日

清晨送别

夜,平静而忧伤,

是你的温暖,

浓缩了漫长的黑暗。

孤独,无法逃脱,

是不舍的离别,

在黎明到来时它凝结成冰。

清晨,光亮的使者,

但我不想见你,

深夜的惊醒就是害怕你的降临。

你的手,我不忍松开,
但我握不住生活的路,
只能把你送往离别的远方。

南方的冬日尽是温暖,
清风吹起你的发髻凌乱、自然,
我却要挥手与你说再见。

城市还未苏醒,
没有涌动的街道,
宁静得让人不太习惯。

静静等待着那一天,
我会牵着你的手,
踏上我们没有终点的旅程。

2017 年 2 月

一个人的牢笼

我有一颗不安分的心,无规律地颤抖着,

我渴望正午炽热的阳光,

我期待黑夜里的风雨交加,

但我更害怕莫名的波涛会打湿了我温暖的小窝,

我关上门,静静守望,

守望着人群和喧闹,

守望着孤独与寂寥。

默默地前行着,

我环顾四周,未能发现一丝熟悉的味道,

为了躲开你,我开始了无尽的奔跑,

陌生的街道，图书馆的拐角，

仿佛无论在哪儿，你都义无反顾地与我形影相随。

清晨，你便开始在我耳边低语，

深夜，你偷偷在梦里与我相约，

无数的日夜，无数的期待，

我期盼着、守望着、拒绝着，

你依然毫无疲惫的与我相伴。

2016 年 11 月

思 念

宝贝,你在哪儿?

请原谅我亲昵的呼唤,

天南地北,风霜雨雪,我无缘与你相伴,

宝贝,你近来如何?

请容许我孤独地挂念,

受伤的腿,磨破的脚,你是否会疼痛流泪,

你那闪动的双眸,胖嘟嘟的脸,

深深地刻在我的记忆,

甜蜜的微笑消融了冬日无尽的严寒。

我战胜心的渴望,

换回了你的一份默然告别，

没有懊恼，没有微叹，我已欣喜万般，

生活在平行的世界里，

我只能远远地止步守望，

守望着一份纯真，虽落尘俗，依然绚烂。

青 年 节

今天是五月四日，对我而言注定是一个不普通的青年节，今天有一件人生大事等着我去做。

在邱家村，一大早就被忙着收拾东西的岳父母老两口吵醒了，我很纳闷他们在这几十平方米的院子里是怎么找到那么多事做个不停，忙来忙去，其实也就是围绕几顿饭在不停地忙着。早饭后，没到八点我们就兴奋地出门了，想到将在法律保护的范畴内和一个曾经陌生的人共同生活，还是很让人充满好奇和期待的。虽然我们已办了酒席，但一直没有去领证，总觉得心里缺少了些东西。

溧水民政局很是难找，躲在一个小巷子的尽头，开车在附近的街道绕了两圈，听着导航不停地说"您已到达目的地"，却又只见院墙或护城河。最终下车打听了一番，好不容易才找到这栋小楼。我们急忙奔向这栋不起眼的翻新小楼，上午务必要趁早把结婚证领了，中午还要赶回南通。略略有些遗憾，走向婚姻殿堂本应是慢慢感受的幸福时刻，而这种人生仅有的重大纪念时刻，我们也不得不匆匆应对。没有时间挽着手臂静静地坐着，轻轻呼吸充满阳光的空气，写下爱的誓言来迎接这人生最重要的时刻，仔细铭记这平凡一天中的每分每秒，说过的每句话，留下的每一个微笑。

快到楼下，很远就看见了楼道旁的墙上贴着的"结婚、离婚、单身证明，请到四楼办理"的蓝底红字标识。那天我们到得很早，在民政局的楼下也没遇到几个人，只有一对穿着斑马条纹情侣装的小情侣兴高采烈地从楼上下来。女孩扬起的眉毛，幸福的笑脸，滴滴答答的脚步，全身无处不溢出喜悦的气息。女孩手里还握着"红本本"，想必这结婚证已经被她仔仔细细地看了无数次，依然是舍不得收起来。男孩背着个背包跟在她身后，笑嘻嘻地看着走在前面的老婆，不知道上楼前和下楼后眼前的这个女人在他心里的位置有没有一丝神圣的变迁。

走在楼梯的台阶时，我分明地感受到每一步都是生活的阶梯，通向成长道路的一个重要转折。邱跟在我后面没说话，拽着我傻笑着往上走。我看得出她高兴的同时也有那么一丝不安，也许这是女生选择一辈子的生活伴侣时难免的那份顾虑吧。时间紧促，甜言蜜语是没有时间说了，只是催着她走快点不要迟到了。邱是一个较生活化的女人，有时想和她创造一些浪漫和新鲜，最后都会变成我一个人的游戏。久而久之，我渐渐地把曾经追求的那些动情瞬间，保留在了自己日益迟钝的心里。

没有电梯，但我们丝毫没有感觉就已经到了四楼。按照指示牌，很容易就找到了离楼梯口不远的办事大厅，大厅的陈设和我起初的期待大相径庭。去年我曾去过南通的民政局办过单身证明，那里的婚姻登记处，装修很是温馨，有红色的沙发、喜庆的中国结，都散发着暖暖的爱意。就连叫号窗口也不是单调的数字，而是改成"鸳鸯戏水""永结同心""百年好合"等吉祥喜庆的名字，也给前来登记的人增添了一项纪念。

眼前的这个登记处，不足一百平方米的大厅内整齐地摆放了几排泛着寒光的铁椅，四周的白墙没有任何点缀，吧台里的两个工作人员面无表情地忙碌着。我们进去时，已有十来对在等候，一眼扫过去，意外地看到有一对五十多岁的男女坐在一起。正在猜想时，看到一对刚办完手续的男女开心地走向他们，才明白是父母陪儿女领证。想想也是应该的，结婚虽是两个人的事，也是两个毫不相干的家庭的融合，放飞了各自的至亲至爱，父母高兴欣慰之余总有几分感慨和感伤吧！我们取了号坐下静静地等候着，发现前台虽只有两个人，但办事效率很高，大约三分钟就能办好一对，并没有电视里浪漫的宣誓，也没有人散发喜糖。没等多久就轮到了我们，一个二十岁出头的女孩子验证过户口本，便给了我们每人一份表格填。很简单的一份表格，我们还没有填好，她旁边的另一个同事就把我们的结婚证打印好了，我很惊讶，不知民政部门竟然这么高效，只是期待的仪式感在这里终究是没有找寻到。

我们拿着全文不足三十字的结婚证，捧在手里看了一遍又一遍。邱拿着她的"红本本"翻来覆去地观摩，突然一本正经地和我说："倪远征，我们结婚了！"看着眼前的这个小胖子，我很少像今天这样觉得她的话有分量。而这简短的几个字，每个字都像烙印。"我们结婚了"虽然只是一个陈述句，却需要一生的时间去慢慢回答，而不是一两句甜言蜜语就说得清的爱恋。这音符也将会伴随着我们未来的生活，不管是平静还是波涛，它都将和我们一起飘摇。

虽然在有些细节上有点小缺失，事情我们还是很顺利地完成了，拉着我的"小胖子"着急往外走。出门时才发现隔壁的门牌上冷冷地写着"离婚登记"几个蓝字。因为赶时间我没有走过去看个究竟，不知道那里是不是有流泪的悔恨或愤怒的谩骂。下楼路过二楼转弯处看到我们上楼时便站立在那儿的一对中年夫妻，女的站在上面的台阶和下面昂首的男人面无表情地对视着，我隐约记得他们扶着栏杆和我上去时保持着相同的姿势，好像雕塑一般不曾移动。这种状况傻子都知道他们是奔着离婚而来，只是真的要到那一刻却都在犹豫，舍不得经历过的风雨，也不愿意向对方妥协，或对未来又不再有信心……

看着这栋平静的四层小楼，想必我们只是它每天见证的无数分分合合中最普通的一员，但它却是我们人生节点的见证。从婚姻登记处出来，心里没有像预想的那样感受到太多差异，我知道婚姻不单单是一纸证书，也许责任、成长、家庭的种种都无法一时促成，需要更多的是共同的呵护和相互扶持。我想我们的幸福征程大概才刚刚开始。

遇龙河漂流

　　脚下的竹筏稳稳地卧在遇龙河上,平静的水面被船夫的竹篙戳破,长长的竹篙深入水底,小小的竹筏便连同被惊扰的鱼儿,相伴着向下游漂去。竹筏迎着微风,穿过浅浅的芦苇,掠过幽幽的水草,留下驶向群山的倒影。遇见了遇龙河,我才明白"桂林山水甲天下,阳朔山水甲桂林"的含义。

　　遇龙河,在阳朔县内,蜿蜒近百里,素有小漓江之称。只听这名字,便觉得有几分灵性。漓江固然是名声远扬,美得无可挑剔,但我更喜欢遇龙河的秀气和宁静。没有游轮的轰鸣,没有波涛起伏的江水,只有竹筏溅起的水花和船夫用力撑篙时的呼吸,如同一条幽径的古道,通向不知名的远方。

　　坐在竹筏上,看着远处的山水交织相融,分不清是水依山而蜿蜒,还是山依水而耸立。两侧的山，形状各异，生长得毫无约束，像是顽皮的儿童随意堆出的沙盘。每个小山都独立成峰，没有连绵的山脚，没有高耸的山巅，周围的小山如春笋一般，从泥土中生长而出，挺拔而立。我们坐在缓缓地竹筏上，也不无聊，河水流得虽缓慢，但遇到狭窄而陡峭的小落差，整个筏子便瞬间全没入水中，我们坐在竹筏的椅子上，早早地抬高了脚，等待一冲而下的快乐。不时，还能遇到一两只落单的鸭子，逍遥自在，没有目的地游着，惹得你甚至有些羡慕它的生活。佩钰拿着手机不停地拍照，看着眼前的这山水世界，感慨道："原来平日里拍不出美景，不是技术差，只是那景还不够美吧！"我对她表示赞同，在这里不需要找角度，不需要修饰，怎么拍，都是如仙如画。我们的小小竹筏，是这巨大山水画册中，不小心滑落的一滴墨汁，亦是多余，亦是点缀，不管如何都好像是刚刚好的状态。佩钰很贪，说以后生个女儿，把她嫁到这里，退休以后就可以过来养老。只是类似的话，我好像在别的地方也时常听到，不知道是不是每个省都要嫁个女儿，才能算是完美。

　　遇龙河大概是欢迎我们的，漂流的路程刚过半时，天空突然飘起了毛毛细雨。此时远处的山已经蒙上一层薄薄的云雾，若隐若现地给这静美的山水添了几分神秘，想到了苏轼的"水光潋滟晴方好，山色空蒙雨亦奇"。眼前的山河在雨雾中，流露出那份忍不住的诗意，比起西湖要秀丽得多。撑起竹篙，漫溯于这大山的更深处，满载的不是星辉，而是缭绕的烟雨，这青翠的景致也一定不输于徐志摩的康桥。竹筏上的我们，默默地张望，渴望的目光舍不得离开每一座绮丽的山峰，就连远处的鸭子"叽叽喳喳"的叫声，都觉得不那么心烦了。在蒙蒙的烟雨中，我们这对长期分隔两地的情侣异常珍惜这短暂的美好时刻，随着竹篙拍打水面的起起落落，三公里的漂流很快就结束了。幸好眼前的美景并没有立刻消失，我们在竹筏码头上岸后，依然舍不得离开这秀美的遇龙河。最后，我们便取消了计划中的乘车回县城，转而在岸边租了一辆电瓶车（这里电瓶车的出租服务还是很贴心，可以提供多点的异地还车服务，而且押金也不高）。我们就准备沿着河岸边的马路顺流而下，再骑行回县城还车。一切妥当，我们便迫不及待地出发了。干净的柏油马路，穿过沿河的村子，始终与河水保持着不远不近的距离，像一条长长的引线将这青山绿水串了起来。岸上看水和水上观山还是略有不同的，浮于水面，如同置身画中般的真切，自己的小小身影融入了这巨大的山水画，一种纯净的美便油然而来，是任何图片和视频无法取代的美感。而当你站立岸边再观，仿佛站在画旁的浅浅一角，不用转动脖子就有了全景照片那样的清秀而广袤的美丽。路上遇到了一对骑行的跨国夫妻，在静谧的绿色海洋里，快乐地踩着自行车，父亲后座载着儿子，母亲带着女儿，身后跟着的应该是丈母娘。五人同行，混血的孩子，精灵一般的眼神在后座上东张西望，一家人幸福得不行。

　　这次桂林之行，不仅是出游也是相聚，分别从粤、苏出发，相聚在甲天下的青山绿水里，遂倍加珍惜，一路骑行欢乐而不舍，只愿时光一直如此地徜徉在这青翠的山水里。

玉龙雪山行

刚蒙眬入睡，电话又响了起来，迷迷糊糊地抓过电话："你好，请问你是X先生吗？我是今天的导游……"电话那头听着是一个中年男子的声音。"嗯嗯，好的。"接完电话我睡意全无，再看看表和既定的接车时间只有半个小时，看来是彻底睡不成了。昨晚从昆明到丽江的卧铺，基本上没睡，开始时担心对面的小朋友哭着闹腾，后来才发现打呼噜者才是罪魁祸首。长期以来，我很容易受噪声影响，对这些在嘈杂中依然鼾声四起的人，真是彻底的羡慕嫉妒恨啊。

虽是一夜未眠，出游的热情还是迅速地战胜了满身疲惫，叫醒了邱老师，我们稍作收拾，便迫不及待地准备向玉龙雪山进发。导游多吉准时地出现在了宾馆楼下。多吉是个黑黑的白族汉子，大约四十岁，黝黑的肤色显出几分实诚。多吉说，云南的紫外线太强，一天、两天，可以做好防护，就算一两个月也能勉强坚持。作为导游，他们常年在外实在是很难防护，索性让太阳晒着，黑到一定程度，便也保持在平衡状态了。

多吉开着商务车接完另外的一个三口之家，我们的五人小团便正式地向玉龙雪山出发了。车子渐渐开出城市，车窗外的视野也渐渐地开阔起来，干净的蓝天，连片的野草地，还有那些或大或小的水塘，一切都那么清新、透彻，紧紧吸引着我的目光。

不经意间我们就接近了玉龙雪山，顺着导游指引的方向，我们在连绵的山脉中找寻雪山的踪影。天空的雾气很重，远远地只有山的轮廓，看上去和别处的山并无差异，只是心中多一份雪的期待。揣着几分迫切，我们终于到达了景点大门，经历了一番换车、排队、再换车的等待后，终于坐上了上山的缆车。缆车在雨雾中不断向上，深邃的山谷在脚下掠过，空气夹杂着浓浓的水雾，峭壁在雾气中若隐若现更多了几分神秘。再往上行，远远地看到山坡上不规则地堆积着层层灰白色的冰雪。因为距离远我分不清那是冰峰未融，还是白雪未化。遵循着导游的建议，缆车上的游客陆续拿出袖珍氧气瓶，大家有说有笑地开始吸氧，此时也多是增加乐趣，至少我还没感觉到传说的高原反应。当缆车接近终点时，在一团浓密的水雾飘过后，我们终于看见了传说中玉龙雪山的顶峰，一座耀眼的银色冰峰耸立云间。冰峰的棱角分明，在阳光的反射下异常的耀眼，仿佛一颗不规则的巨型钻石嵌入山顶，反射出的万丈银光，如同威严而神圣的金顶佛光，静静地洒落在我们身上。同行的人纷纷掏出手机拍照，不巧这震撼的景色刚持续短短的几十秒，我们就快速地被下一个山峰挡住了视野。幸好距离终点已经很近了，快速地下了缆车，急急忙忙地便去寻找刚才看到的顶峰，此时山上的云雾渐渐加重。出了缆车房，再次看到冰峰时，它只露出了浅浅的一角，我急忙催促邱老师站好位置，我举起相机时竟发现镜头里的冰峰没有了！没有了！！就这样从我眼皮底下瞬间消失了，留下的只有镜头中一团浓密的水雾。虽然在山下导游说过，山上的天气变化很快，但我怎么也没有想到它竟是如此之快。而在后来几个小时的登山中，我再也没有机会看到闪耀的顶峰了。

　　登山没走多高，我终于感受到了传说中的高原反应了：头晕、身体重、呼吸加快。随着向上攀爬，体力不断地消耗，身体的反应越来越强烈，从开始的走二十多个台阶休息一次，渐渐地降低到十个台阶、五个台阶便要休息一番。不过辛劳还是有所收获，终于看清了刚才灰白色的冰雪，那些冰冻蜿蜒地顺着山势匍匐在山坡，仿佛是白色的岩浆从山顶上缓缓流出，然后瞬间速冻而止。

　　天渐渐沥沥地下起了小雨，这时后悔今天登山也来不及了，只能是硬着头皮向上爬，幸好有旅行社发给我们的防寒服，虽然味道很大，但保暖防寒效果挺好。

　　渐渐地邱老师体力快要扛不住了，在接近顶峰的平台上休息时，靠着我坐在长椅上竟迷迷糊糊地差点睡着了。我对高原反应了解不多，但看眼前的情形，邱是不能再向上了，但千里迢迢地赶来，没走到头终归有些遗憾，我犹豫再三最终决定暂时抛弃她独自继续前行。经过一番挣扎，终于踏上了山顶，上面的景色和预计的一样并没有奇光异彩，毕竟在巍峨的雪山前，我们登顶的只是人造台阶的顶端，在雪山面前依然只能窥视其广袤的一隅。

在依依不舍中下了山，往下的路绝对要好过上山的路，那句"上山容易下山难"在这里是不适用的。下山时仍不时地抬头，惦记着能再看一次山顶耀眼的冰峰，仍然无缘再见了，不经意的一次谋面竟是登山的最精彩片段，再想想也不觉得遗憾，比起那些全程未能谋面者我算是幸运儿了吧！

周末的小镇

适逢周末,天气很好,阳光早已刺透窗帘,把房间照得通亮。我也莫名地醒来,摸出手机,发现时间还早,但睡意已被这耀眼的光亮驱散。照旧是懒懒的躺着,先唰唰朋友圈,虽然我知道无非是P出的美食、美女,你看看我,我看看你,手上点个赞,心里大概会骂句傻子。可若不更新一下朋友圈,关注下无趣的新鲜事,又好像自己和社会离了线,唯恐错过什么。当我看到一个各行业不同版本的"世界那么大,我想去看看!"时,突然觉得,我是不是也应该去看看呢?

我并没有那么洒脱,抛开工作,抛开重复的生活,来一次说走就走的远行。但内心的蠢蠢欲动,总要有一丝安慰,仿佛才能平息。思索了一遍周围的城市,最后决定在这温暖而灿烂的深秋阳光里出走江南，寻一次算不上旅行的小憩。

　　白灿灿的阳光早已等候我多时，刚出门它就带着温暖爬上了我的肩膀后背。今日阳光还是温暖惬意，下周也许就是炙热难耐了。所以难得春风正好，江南水乡，选择颇多，在一番讨论和对比后，我们选择了早有耳闻的西塘古镇，高速一路畅通，两小时多的车程，我们在中午时分到了古镇，还未见大门就已开始了堵车。我向来怕麻烦，嫌人多，此时对西塘古色的期待消融过半，这长长的车龙和价格不菲的门票让我决意离开。对周边的地图搜索，一个偶然来到了未曾耳闻的枫泾古镇。此行前，并未设想魔都竟然藏着如此的江南美景。

　　枫泾古镇起源于宋，建镇于元朝，有着一千五百年的历史，是曾经的吴、越分界，也是新中国成立初的江、浙、沪三地交汇处，如今早已融入魔都金山区的怀抱。我们沿着一条浓郁成荫的马路走向古镇，脚下的柏油路悄悄地换成了光滑的青石板，拐过一条清灰色的小巷，刚才的车水马龙、高楼林立，立刻换成了青砖灰瓦、小桥流水，成了一幅江南水乡的画卷，让人有些措手不及。繁闹和悠然只是矮矮的一墙之隔。眼前的小镇，低矮的灰顶瓦房挨着小河排列着，中间空出一条宽窄适中的人行道。阳光已经西落，透过瓦房顶刚好照到河水中，河水算不上清澈，却也没有任何漂浮物。并不宽敞的河道上，两条小船对面驶来刚好错得开身，好像船身再大一些就困难了。没走多远就到了古镇的中心位置，这是三条河水的交汇处，我并不清楚这是一条河分成了两个支流，还是两个支流汇成一条河，三座石桥又把切分的小镇连在了一起。交汇处的岸边有一块空场地，路过的游人纷纷在此歇息、拍照。

此时已近傍晚，游人开始陆续离去，我们的旅程才刚刚开始。想到了林语堂的《旅行的意义》里曾说：真正的旅行者一是忘其身之所在，二是应做一个没有目的的流浪者。看着身边稀疏的人流，我想如今的生活节奏，有此种心态的旅行者定是寥寥无几吧！只是我不太苟同其不屑于有计划、有目的的旅行。有人为风景，有人为开阔视野，不都是跳出日常之外的生活追求么？莫管是静静沉醉于一片秋风，还是蜻蜓点水一晃而过，若能真的融于旅途，那便是一段有意义的行程。生活本来就是多彩的，个性更不尽然相同，绝不可能都豪迈万丈或放荡不羁，循规蹈矩依然不失为良习。

古镇随着夜幕的降临便悄悄地陷入了一片黑暗与寂静，没有酒吧、夜市，没有绚烂的夜生活，只有默默地等待着黎明的小桥流水人家。

当晚我们没舍得离开，便在附近住了下来，酒店不贵，还算干净，四层的小楼静悄悄地蜗在古镇旁的一个巷子，白墙灰瓦的格局散发着一丝宁静，虽是快捷酒店却有几分农家古院的味道。第二天上午，我们享受着柔暖的深秋阳光，再次踏入古镇，青灰色的瓦房依偎在河岸的两侧，千年的石拱桥也已横跨水面严阵以待。熙熙攘攘的人流陆续流入小巷，古镇已从梦中苏醒，在阳光的陪伴下，恢复了生机。我们沿着河道走着，一侧是屹立百年的小桥流水，另一侧是古朴的商铺、茶馆。我们在一个位置较佳的咖啡店停下，"小资"地点了两杯咖啡，坐在古桥边，看着乌篷船轻盈地摇曳而来，悠然自得地划破水面，穿过古老的石桥，又随波飘然而去，最后消失在水巷的拐角。水面再次归于平静，映着深邃的蓝天，还有那几朵稀疏的云彩，更衬托着水乡的宁静。一切都笼罩在难得的静谧中，不为风景，不为喧嚣，只为能走出这一日的轻盈和美好，不正是一件美好的情事？

一对男女在临近的桌子坐下，起初我以为是一对恋人结伴出游，无意中听他们聊天才发觉，他们是刚结识。男子二十七八，我听见女孩自己说二十二岁。陌生的世界，遇到一个陌生的你，不管有无后续的故事，相遇的缘分便是让人快乐的了。

阳光渐渐黯淡，天空变得有些阴霾，光阴在幸福中竟流失得如此之快，虽有不舍，却只能与古镇轻声告别，结束短暂的旅程，留一段沁入心扉的想念。

致 谢

  首先,感谢您听我絮絮叨叨地啰唆了一通,想必您也是耐着性子,看完这些"流水账"式地记叙了。作为一个无名的小人物,大概不会有太多的人关心我混乱的记忆。只希望我这些毫无逻辑的碎语,也许能给您带来一丝共鸣,哪怕是联想出自己的一点点的回忆,我也是心满意足了。

  三十年的时光既漫长又短暂,漫长到谁都无法预计生命的道路会遇到何种曲折,短暂得让人永远没有机会去准备好应对每个转折。此时,我只能用浅浅的几行文字,感谢我的家人和朋友们带给我的三十年成长和记忆。我无法一一道谢,向有缘相遇的那些善良的人,我只能心怀感恩,勤勤恳恳地生活,不忘初心!